国家新闻出版总署
向全国青少年推荐的百种优秀图书

U0676201

让中学生学会
感恩友情的 100 个故事

总主编:滕刚

花山文艺出版社

图书在版编目(CIP)数据

让中学生学会感恩友情的 100 个故事 / 刘英俊主编.
石家庄:花山文艺出版社,2007.6(2021.6 重印)
　(感恩书系 / 滕刚主编)
　ISBN 978-7-80755-052-5

　Ⅰ.① 让... 　Ⅱ.① 刘... 　Ⅲ.① 故事—作品集—世
界—现代 　Ⅳ.① I14

　中国版本图书馆 CIP 数据核字(2007)第 061755 号

丛 书 名:**感恩书系(中学部分)**
总 主 编:**滕　刚**
书　　 名:**让中学生学会感恩友情的 100 个故事**
主　　 编:**刘英俊**

策　　 划:张采鑫
责任编辑:卢水淹
特约编辑:李文生
责任校对:李　鸥
全案设计:北京九洲鼎图书有限公司
出版发行:花山文艺出版社(邮政编码:050061)
　　　　　(河北省石家庄市友谊北大街 330 号)
销售热线:0311-88643221
传　　 真:0311-88643234
印　　 刷:永清县晔盛亚胶印有限公司
经　　 销:新华书店
开　　 本:710×1000　1/16
印　　 张:10
字　　 数:155 千字
版　　 次:2007 年 6 月第 1 版
　　　　　2021 年 6 月第 2 次印刷
书　　 号:ISBN 978-7-80755-052-5
定　　 价:29.80 元

PREFACE

懂得感恩的人是幸福的人 ○张丽钧

　　第一次听欧阳菲菲唱那首《感恩的心》,是在热闹的大街上。在那动人的歌词和旋律面前,我不由得停下了脚步——"我来自偶然,像一颗尘土,有谁看出我的脆弱? 我来自何方? 我情归何处? 谁在下一刻呼唤我? 天地虽宽,这条路却难走,我看遍这人间坎坷辛苦。我还有多少爱? 我还有多少泪? 要苍天知道我不认输! 感恩的心,感谢有你,伴我一生,让我有勇气做我自己。感恩的心,感谢命运,花开花落,我一样会珍惜。"不知为什么,就特别喜欢这首歌,仿佛那是从我心窝里掏出来的句子和调子。在这不期然的相遇面前,我感慨良久。

　　后来,我所在的学校和本市聋哑学校结成了友好学校。我们的学生和那些聋哑学生一起学会了《感恩的心》的手语表达。当我看到那些听不见旋律、唱不出歌词的孩子动情地和我的学生们一起用手语演唱《感恩的心》的时候,我和台下的观众都禁不住泪流满面。在我们这些健全的人看来,那些孩子最应该诅咒命运的不公,因为瞎了眼的命运女神残忍地把他们打入了一个死寂的世界。但是,他们非但没有诅咒,还怀了一颗可贵的感恩之心。看到他们面带微笑地打出"感恩的心"这句手语,我为自己心底隐藏着的怨尤与懊恼感到羞耻。

　　懂得感恩的人是幸福的人。

　　感恩,应该成为我们的一门必修功课。

　　让人遗憾的是,太多的人没有修好这门功课。幸福的生活,把多少"小太阳"娇宠成了"豌豆上的公主"! ——爱是那一层又一层的柔软褥垫,但是,仅仅是最下层那一颗小小的豌豆粒,就惹得睡在上面的"公主"抱怨不已、叫苦不迭。被生活亏待的人,莫过于那些身体有残障的人,可就连他们都可以带着灿烂的笑用手语演唱《感恩的心》,我们这些健全的人,还有什么理由不由衷地向生活致谢呢？

"天恩浩荡"，我喜欢把这个"天"字理解成造就了我们、滋养了我们的一切爱与美。乳香与麦香，茶香与花香，墨香与书香……这些香殷勤地熏香了我们的生命，使我们越来越健壮也越来越温文，越来越丰富也越来越美丽；难道，我们不应该向着这慷慨的赐予深深感恩吗？

集盲聋哑于一身的海伦·凯勒曾经问一个从森林里归来的人：你在森林里看到了什么？那个人沮丧地耸耸肩说：森林里有什么好看的？海伦为他的这个回答感到非常意外和遗憾，因为在她看来，那人白白地拥有了一双明亮的眼睛和一双聪敏的耳朵。森林里有那么斑斓的色彩，他却视而不见；森林里有那么动听的鸟语虫鸣，他却充耳不闻。他可怜的心灵失明了、失聪了，所以他才作出了那样令人遗憾的回答。有时候，我们也会犯类似的错误啊！面对自然的秀色，面对亲友的温情，我们常会患上一种叫做"麻木"的疾病，因为可以日日坐享，便不再将珍奇视为珍奇。每天，我们住在爱里却浑然不觉，把一切幸福的拥有理解成了理所应得。对爱麻木的心，最容易被怨恨蛀蚀，而充满了怨恨的人生往往是与成功无缘的。

想想看，我们赤身来到这个世界上，是什么让我们成为了现在的自己？巴金说过这样一句话：我们不是单靠吃米活着。他说得多好！我想说，我们其实是啜饮着"爱"长大的啊！仅仅懂得被动地领受爱，证明你还远未长大；能够被这爱深深感动，证明你已摆脱了那个幼稚的自我；而把这爱理解为一种伟大的赐予，并努力去回报这爱，证明你已走向了真正的成熟。

所以，我愿意借这本书给我深爱的孩子们一个提醒：请认真学好"感恩"这门必修课，因为感恩的过程就是心灵提纯的过程。懂得感恩，你就能拥有幸福，并让爱你的人感到幸福；懂得感恩，你就能成为一个受欢迎的人，"机会"就愿意与你牵手；懂得感恩，你就能"有勇气做我自己"，你的生命之树就容易结出成功的果实。

愿你和我一样爱上那首《感恩的心》，不管心空是阴是晴，让我们一起轻轻地唱："……感恩的心，感谢命运，花开花落，我一样会珍惜。"

只想陪你坐一坐 第一辑 {DI YI JI}

朋友,就像一杯原汁原味的咖啡,没有兑牛奶,也没有加糖,虽有丝丝苦涩,却浓香四溢。在我们成长的岁月里,朋友绽放着异样的光彩,他们用特有的方式给我们鼓励,给我们安慰,给我们前行的指引。

目录
CONTENTS

给我温暖的陌生人 {DJ SAN JJ} 第三辑

我们在此之前也许不知道他是谁，来自何方，做什么样的工作，有着什么样的生活。我们之间只是陌生人，在同一个城市或在不同的城市生活。但一次偶然的擦肩而过，一次不经意的相遇，就可能是确定一生的知己的契机，足以让我们铭记一生，温暖一生。

目录
CONTENTS

第四辑 宽容的友情

　　和所有人类的高尚情感一样,友情也会给我们以真善美的心灵洗礼。善待朋友,并不是在做获得更大回报的投资,恰是多给自己一份灵魂的美丽,给我们的生命多赋予一重深意,这比得到友爱给我们回馈的任何惊喜更重要,更有价值。

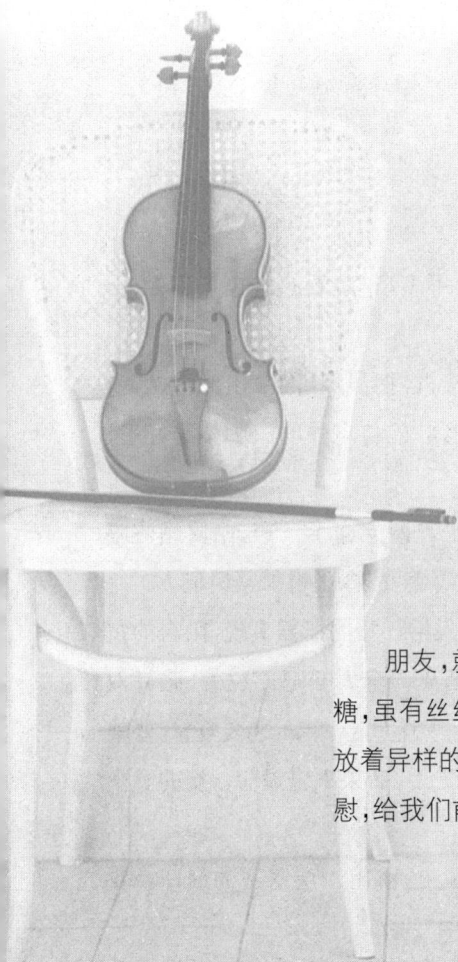

只想陪你坐一坐

　　朋友,就像一杯原汁原味的咖啡,没有兑牛奶,也没有加糖,虽有丝丝苦涩,却浓香四溢。在我们成长的岁月里,朋友绽放着异样的光彩,他们用特有的方式给我们鼓励,给我们安慰,给我们前行的指引。

兄　　弟

◆孙道荣

　　来安装空调的是两个小伙子。两人个子差不多,年龄看起来也差不多,一个壮实点,一个瘦削点。

　　两人一进屋,就开始忙碌起来。瘦的拆开挂机,捆线;壮的拿出冲击钻,身子探出阳台外,打孔,安装三脚架。一会儿工夫,壮的将室外的三脚架装好了,瘦的也将室内挂机上的线捆好了。

　　我倒了两杯茶,让他们先歇歇,喝点水,再忙。两人谢了一声,咕咚咕咚喝了几口,一只手往嘴巴上一抹,说还有几家空调等着安装呢,得抓紧时间。

　　壮的拆开主机。瘦的弯下腰,示意他,两个人抬。壮的摇摇头说,阳台的窗户只能打开半扇,两个人抬反而使不上劲,还是我一个人搬吧。说着,张开双手,一发力,将主机搬了起来。一个主机,怕有百十斤重,一个人这么搬着,要架到四楼阳台外侧的三脚架上,太不安全了,一旦失手,后果不堪设想。瘦的看出了我的担心,说没关系,我哥力气大着呢。

　　壮的稳稳地将主机搁在了三脚架上,他的脸上,渗出一层密密的细汗。我的一颗悬着的心,总算放了下来。

　　瘦的从工具包里拿出一捆安全绳,系在身上,看来,他是要出去固定悬挂在半空中的主机了。这是个危险的活,前不久刚刚看到一条让人歔歔不已的新闻,一个空调安装工失手从高楼上坠下,当场身亡。那是一个和这两个安装工差不多大的孩子吧。环顾我们家,没什么地方能固定他的安全绳啊。我正准备问他安全绳的另一头固定在哪儿,壮的也从工具包里拿出一截绳子,捆在了自己身上,系紧;然后,从瘦的手里接过绳头的卡口,卡在了自己的绳子上。两个人,被一根绳子牢牢地连在了一起。我不放心地问,这样安全吗?要不要我帮你拽着?瘦的笑着说,他这么大块头,稳着呢,我们一直是这样做的,从没出过事。说着,纵身跨上阳台,一只脚就搭在了室外的主机上,身子骑在了主机上。我从室内看不见他凌空的姿势,但可以想象,一个人就这么悬在四楼的半空,有多么危险。可是,瘦的脸上,看不出一点恐惧,神情轻松,就像是一个孩子骑在公园的木马上。

瘦的喊,扳子。壮的弯腰从地上捡起扳子,递了过去。瘦的喊,起子。壮的又弯腰从工具包里找出起子,递了过去。系在两人腰间的绳子,在两人之间,时松时紧,晃晃荡荡。

你千万小心点啊。我站在一边,一遍遍叮嘱外面的瘦小伙子。

瘦的总算固定好了室外的主机,从阳台上翻了进来,轻松地跳到了地板上。我松开了握得紧紧的手心,湿湿的。

他们开始调试空调,我和他们聊起来。以为这是兄弟俩,一问,壮的是河南人,瘦的是四川人。半年多前,两人同时来到一家安装公司打工,成了搭档。

我好奇地问瘦小伙子,你那样悬挂在空中,绳子这头只系在他身上,不害怕吗?你怎么那么信任他啊?瘦的看看壮的,笑了,我俩捆在一起,是好兄弟啊,我不信他,信谁啊?瘦的一拳头砸在壮的肩膀上,哥,你说是不是啊?壮的也嘿嘿笑了。

兄弟?对,他们是兄弟,是拴在一根绳子上的哥俩。

空调里吹出习习凉风,汗水在他们的脸上,凝成了白色的盐霜。两张年轻的面孔,都被阳光晒得黝黑,他们笑的时候,露出两排白牙,和白白的盐霜相映衬,显得如此生动。

感恩提示

曾经有一对侠客在闹市中被仇敌伏击,两个人背靠背一直同仇敌死战,直到将仇敌击退。这时,旁观的人忽然想起了一件奇怪的事情,于是大声问其中的一个侠客,为什么在刚才的打斗中根本就不对自己的身后作防护。"因为我的身后有我的生死兄弟！只要他不倒下，我就绝对不会有事！"

这份敢用生命作赌注的友谊和信任，怎能不让人感叹？

当今社会，朴实诚挚的友谊和信任他人，似乎已经成了一句笑谈。只有当友谊和信任如泉水一般滋润着我们的心灵时，我们才能生活得安然而欣慰。互相信任，珍重友谊，把真心交给对方，牢固长久的友谊才会永远陪伴着我们。

希望有一天，我能大声地对身后的那个人说：把我的后背交给你！

（王　磊）

"没有郁达夫，沈从文可能会客死他乡；少了沈从文，郁达夫可能会沉沦一生。"其实他们是在互相成全着彼此。这话是一个评论家说的。

文 人 之 交

◆佚　名

郁达夫和沈从文都是我极其敬重的作家，郁达夫笔下的浙东和沈从文笔下的湘西，像桃花源一样至今仍吸引着无数文学爱好者怀古幽思。

他们俩之间，还有一段"送人玫瑰，手留余香"的美谈。

1923年，20岁的沈从文做了北漂一族，从湘西来到北京闯世界。当时的沈从文只有小学文化程度，甚至连标点符号也不会用，但他的写作热情却很高。在北京，他考学考不上，投稿没人用，只好在北京大学一边旁听，一边打工以维持生计。他每天早上吃两三个馒头和一点泡咸菜就算打发了肚子，除了听课便一头扎进图书馆，直到闭馆时才返回住处。即使到了寒冬腊月，他仍是一身薄薄的单衣，走在街上冻得发抖。晚上躲进自己的住处——"窄而霉小斋"，冬天屋里没有火炉，他就钻进被窝，看他随身带来的那本《史记》。

1924年的冬天，穷困潦倒的沈从文，在濒临死亡的时候，尝试着给作家郁达夫写了一封求助信。当时的郁达夫也正在苦闷之中。在文坛颇有名气的他，却在大学教他实在不愿教的会计学；精心创办的杂志被迫停刊，还时常受到同行的攻击；生性不甘寂寞，却要忍受一份无爱的婚姻。他彷徨无计，整日嗜烟酗酒甚至自残自虐，接到沈从文的求助信，他不相信，世界上还有比自己更困苦的人，他发出了一声苦笑，带着看个究竟的心理，他决定去看望沈从文。

在一个大雪纷飞的日子，郁达夫推开沈从文那间"窄而霉小斋"的房门，屋内没有火炉，沈从文身穿一件单衣，用棉被裹着两腿，坐在凉炕上，正用冻得红肿的手提笔写作。这时，他已经三天没有吃到任何东西了。

郁达夫感动得眼圈发红，先解下自己的羊毛围巾给这位小兄弟围上，再把他拉到馆子里撮了一顿。沈从文清楚地记得，自己当时也顾不上斯文了，吃得狼吞虎咽，看得郁达夫直想流泪。一结账，共花去一元七毛钱。郁达夫拿出五块钱付了账，将找回的三块多钱全给了沈从文。当时，五元钱也不算小数目了。郁达夫当时在经济上也极窘迫，月薪实际上只能拿到 30 元，也正处于"袋中无钱，心头多恨"的时期。

一回到住处，沈从文禁不住伏在桌上哭了起来。半个世纪后，当郁达夫的侄女郁风拜访他时，他还激动地谈起了这件事，可见感动之深了。

之后，郁达夫把沈从文介绍给当时著名的《晨报副刊》的主编。一个月后，沈从文的处女作《一封未曾付邮的信》在《晨报副刊》上发表了，荒漠的原野上终于出现了第一枝花，只几年工夫他便享誉文坛。郁达夫在帮助沈从文的同时，自己也重新振作精神，既找到了自己的最爱，又在事业上梅开二度。

"没有郁达夫，沈从文可能会客死他乡；少了沈从文，郁达夫可能会沉沦一生。"其实他们是在互相成全着彼此。这话是一个评论家说的。

感恩提示

佛家说，善有善报，恶有恶报，你种下什么种子，就会收获什么样的果实。在那个寒冷的冬天，郁达夫用自己的爱和关怀在沈从文心中种下了一颗温情的种子，而自己也在无意间收获了果实。

一个是成名的文学大家，一个是默默无闻的后学晚辈，郁达夫完全可以不用理会沈从文。可是，自己尚且被种种麻烦困扰着的郁达夫不仅没有回绝对方的求助，而且还亲自登门，竭尽全力地给沈从文最大的帮助。在这个过程中，沈从文得到了郁达夫物质上的帮助，郁达夫则从沈从文身上得到了一种永不放弃的精神上的鼓励。于是，沈从文摆脱了窘困的生存环境，郁达夫也彻底甩开了困扰内心的种种烦恼。两个在人生路上走得蹒跚艰难的人，相互扶持着，彼此用自己的优势弥补着对方的缺陷，从而使得双方在人生的道路上越走越轻松，越走越顺利。

而这一切，只是因为郁达夫当初的一个小小的善念。爱出者爱返，福往者福来，对他人的一点善念一点帮助往往可以让我们有意外的收获和惊喜！所以，在人生路上赶路的时候，别忘记播撒善良的种子。

（王　磊）

在最沮丧、最无助的时候，那个愿意陪你坐一坐的人，才是你真正的朋友。

只想陪你坐一坐

◆何伟娇

1962 年，作家刘白羽由北京到上海治病。当时他的长子滨滨正患风湿性心脏病，他放心不下，便让滨滨也到上海看病。遗憾的是，由于治疗效果不佳，滨滨的病情不见好转，又要返回北京。刘白羽万般无奈，只得让妻子汪琦带病危的儿子回家。

母子俩回北京的当天下午，刘白羽心神不定，烦躁不安。这时，巴金、萧珊夫妇来到了刘白羽的病房。两人进门后，谁都没有说一句话，默默地坐在沙发上。其实他们非常了解滨滨的病情，都在为他担忧，生怕路上发生意外。病房里静悄悄的，巴金伸手握住刘白羽微微发颤而又汗津津的手，轻轻地抚摸。萧珊则一边留意刘白羽的神情，一边望着桌子上的电话。突然电话响了，萧珊忙抢在刘白羽之前拿起话筒。当电话中传来汪琦母子已平安抵达北京的消息后，三个人长长地舒了口气，脸上都露出了笑容。

原来，巴金估计那天北京会来电话，怕有噩耗传来，刘白羽承受不了，于是偕夫人萧珊专门前来陪伴他。当两人起身告辞时，刘白羽执意要送到医院门口。他紧紧地握住巴金的手，一再表示感谢。巴金却摆了摆手，淡淡地说，没什么，正好有空，只想陪你坐一坐。

在最沮丧、最无助的时候，那个愿意陪你坐一坐的人，就是你真正的朋友。

感恩提示

危难之时，生死关头，最能考验彼此之间的交情。可大灾大难大风大浪的的时候并不是经常有，在生死关头挺身而出的机会也很罕见，人与人之间的深厚感情，往往都是在一点一滴的小事中建立起来的。

因为放心不下朋友，巴金和夫人默默地陪伴着刘白羽度过了最难熬的那一段时光。此时无声胜有声，任何的语言都是多余的，只需要静静地陪伴在对方的身边，就是最大的帮助了。

我们不是惊天动地的英雄，也许不能为朋友做太多太大的事情，但我们至少可以在他们需要帮助时，静静地坐在一旁，给予他精神上的支持和帮助。

有你在，他就会安心的，因为他知道无论尘世中有多少烦恼，都有人愿意和他一起分担，这就是够了。

(王　磊)

穿着我的靴子回家吧

◆[美]S.查辛

在我的记忆深处,珍藏着一双靴子,一双得之于半个多世纪以前而今依然完好如初的靴子。它不仅铭刻着一个流浪汉的颠簸之苦,也深藏了一个陌路人的关怀之心。

那是在大萧条时期的一个冬天,当时20岁的我已经独自在外乡闯荡了一年多,一无所获的磨难使我心灰意懒,蜷缩在闷罐车里做着回家的梦。当火车路经一个不知名的小镇时,我下了车,希望能碰上好运气,找到一个打工的机会。一阵刺骨的寒风向我表明了冷冷的敌意,我使劲裹了裹自己的旧外套,但还是被冻得直打冷战,尤其糟糕的是脚上的那双半筒靴已不堪折磨,像它主人的梦想一样破败了——冰水毫不客气地渗入了袜子。我暗暗地向自己许了个愿,要是能攒下买一双靴子的钱,我就回家!

好不容易找到了山边的一个小木屋,不料里面早有几个像我一样的流浪汉了。同病相怜,他们挤了挤,为我挪出了一个位置。屋里毕竟比野外暖和多了,只是刚才被冻僵的双脚此时变得疼痛难挨,使我怎么也无法入睡。

"你怎么了?"坐在我身旁的一个陌生人转过头来问我。

"我的脚趾冻坏了,"我没好气地说,"靴子漏了。"

这位陌生人并不在意我的态度,仍然热情地向我伸出了手:"我叫厄尔,是从堪萨斯的威奇托来的。"之后,他跟我聊起了自己的家乡、家人,以及自己的流浪经历……厄尔先生的健谈似乎缓解了我身体的不适,我不知不觉地迷糊了过去。

这个小镇并没有为我们留下一份吃的。盘桓数日以后,我又登上了去堪萨斯方向的货车——厄尔先生也在这趟车上。火车渐渐地驶出了落基山区,进入了茫无边际的牧场。天气也越来越冷了,我只有不停地踩脚取暖。不知什么时候,厄尔先生已经坐在我身边了。他关切地问我:"你家里有什么人?"我告诉他,家里还有一个父亲和一个妹妹——是个穷得叮当响的农家。

厄尔先生安慰我说:"不管怎样的家也总是个家呀!我看你还是和我一样回家去吧。"

望着寒星闪烁的夜空,我感到了一种从来没有过的孤独:"要是……要是我能攒点儿钱买双靴子,也许就能够回家了。"

我正想着家庭温暖的时候,发觉脚跟被什么东西碰了一下。低头一看,原来是一只靴子——厄尔先生的。

"你试试吧,"厄尔说,"你刚才说,只要能有一双像样的靴子,你就能回家了。喏,我的靴子尽管已经不新,但总还能穿。"他不顾我的谢绝,一定要我穿上,"你就是暂时穿穿也好,待会儿再换过来吧。"

当我把自己冰凉的脚伸进厄尔先生那双体温尚存的靴子时,立刻感到了一阵暖意,我很快在隆隆的火车声中睡着了。

等我醒来时,已是次日凌晨了。

我左顾右盼,怎么也找不到厄尔先生的身影,一位乘客见状说:"你要寻那个高个子?他早下车了。"

"可是他的靴子还在我这儿呢。"

"他下车前要我转告你,他希望这靴子能陪伴你回家去。"

我怎么也不能相信,世上确实有这样的好人:不是将自己的多余之物做施舍,而是把自己的必需之物奉献给他人,为了让他能有脸回家去!我想象着他一瘸一拐地穿着我的破靴在冰里跋涉的情形,不禁热泪盈眶……

这半个多世纪中,我和厄尔先生再也无缘相见,但在我的心中他永远是我最亲密的朋友,而这双靴子则是我这一辈子得到的最贵重的礼物。

感恩提示

俗话说:寒从脚底来。在刺骨的寒风中,却穿着一双破旧得无法阻止冰水渗入的靴子,也是件很可怜的事情。对于一个在外乡闯荡、颠簸了一年多,但却一无所获的流浪汉来说,更是一件悲惨的事情,孤独、伤感的"我"觉得整个世界都是冰冷的。人在困难的时候最容易生发对家的依恋,人在脆弱的时候最渴望有别人的安慰,厄尔先生就是在这个时候适时地出现在"我"面前,给予"我"无限温暖,令"我"终生难忘。

说是朋友,其实"我"们只是萍水相逢,似乎还算不上相识,更别说相知,而且,"我"们可能已无缘再相见。就为了满足"我"回家的渴望,照顾"我"回家的颜面,他把他脚上的靴子给了"我"。对冷我们有着同样的知觉,他应该很清楚、很理解什么叫做冰冷,什么叫做刺骨,而他却置之度外地把温暖留给了"我"。他自己只能穿着"我"的破靴,一瘸一拐地在冰地里跋涉回家。他会为别人着想,他懂得照顾别人,却不懂得爱惜自己。穿着自己的靴子不叫自私,而将靴子给了"我"却是他伟大的无私。

"我"没来得及拒绝,甚至没来得及说声谢谢,他便离开了。他本来就不需要"我"的感激,本来就不图"我"的回报,他只是希望"我"能如愿地回到梦寐以求的家,回到亲人的身边。"我"无言,眼泪代表了所有。"我"将永远珍藏这一双珍贵的靴子,"我"将永远铭记这一份珍贵的友谊。

(许雯霞)

是麦克唐纳的宽容与信赖,使得哈里不再惧怕面对全镇的人,不再惧怕面对自己的过去。

回　　家

◆[美]里贝尔　梁　莉/译

哈里回来了,6个月后第一次睡在自己的床上,早上醒后惬意地看看窗帘在晨风中飘动。回家的感觉真好,但似乎有点儿遗憾。

6个月前,作为镇上收税员的哈里,在汽车展销会上看中了一款心仪已久的轿车,但当时手头缺现金,就问汽车销售员能否把这笔交易推迟到下周二。销售员说汽车当天必须买走,并且要付一大笔首付款。情急之下,哈里动用了保险箱里的税款。车到手后,哈里开着它直奔波特兰市,准备把他存在银行保管箱里的一些债券兑成现金。不料,在去的路上,由于车打滑,出了车祸,哈里被送入医院,神志不清地躺了一周。当然,动用税款的事就败露了,他被判了6个月监禁。

父亲痛心地说:"儿子,你真糊涂啊。"

"我知道,爸。"

"你在镇上的信用一向都好,麦克唐纳在你每周只赚15美元时就为你开了一个赊欠户头。取得了他的信任,你在镇上任何地方都容易贷款。"

"对不起,爸。"

"如果你今天要去镇上,替我买些剃须刀片,好吗?"

哈里没出门,整天在花园里忙活着。第二天,父亲问起刀片的事儿,哈里回答说他没去镇上。父亲严肃地斜眼看了他一下。母亲赶紧去镇上把刀片买了回来。

"你有什么打算吗,孩子?"几个星期后父亲问道,"我们并不是要赶你走——这是你的家,但……"

哈里正看着《波特兰日报》,说:"正好,他们在招聘清洁工,我明天准备去应聘。"

哈里乘公共汽车去了小镇北边的山区,来到靠近加拿大边境的森林找工作。他找了一份不要求出示个人档案的砍伐工。他每天工作在人迹罕至的森林里,觉得非常自由,自由的感觉是如此美妙,以至于他毫无怨言地忍受着劳作的艰辛。

但他忘不了家里的亲人,父亲话语中那忧郁的、掩饰不住的无奈让他无法忘怀。

他又回来了,坚定地、平静地乘公共汽车在小镇中心下了车。只要他还想给亲人们带来一些安慰,或是想让自己的心灵得到安宁,他就得面对全镇的人。

汽车停在了麦克唐纳店前,哈里的心还是提到了嗓子眼儿,麦克唐纳就坐在店前的长椅上。

"你好,麦克唐纳。"哈里礼貌地打招呼。

麦克唐纳冷冷地、默默地打量了他一会儿,缓缓地跟着哈里走进店中。

"我买几件白衬衣。"哈里说。

"15 号,34 的袖子。"麦克唐纳说道。

哈里把手伸进裤兜,紧抓着一卷钞票:"再要几双袜子,颜色要黑的和灰的。"

"袜子是 11 号。"

哈里选了 6 双,他还挑了两条领带和 3 条内裤,做这些事时他的手一直放在裤兜里抓着那把钱,实在等不及要把钱拿出来了。

"就这些了,一共多少钱?"

柜台上有一本记账本,哈里看着麦克唐纳打开它,翻到 B 字打头的那一页找到"巴尔·哈里"。

"一共是 22 美元 50 美分。"麦克唐纳边说边在账本上记录着。

哈里用不着掏出裤兜里的钞票了,他的手慢慢放松了。手从裤兜里退出时,空空的,但满手是汗。

麦克唐纳把东西包好,递给哈里,说:"再来啊,哈里。"

哈里提着包,走在街上,脸上露出释怀的微笑,嗓子眼儿像被什么堵得满满的。他回家了——真正意义上的回家。

——他不用再害怕什么了。

🐰 **感恩提示**

麦克唐纳没有要哈里给现金,而是一如既往地将账记录在账本上,还一如从前地说了句"再来啊,哈里"。然而,正因为麦克唐纳的这个简单的举动,这句普通的话语,使得已经心灰意冷、对生活漠然绝望的哈里重新燃起了生命的火花,重新看到了生活的希望。是麦克唐纳的宽容与信赖,使得哈里不再惧怕面对全镇的人,不再惧怕面对自己的过去。哈里脸上露出释怀的微笑,绽放出久违的笑容,他回家了。人回家,心也回家了。

一款心仪已久的轿车使他错走一步,一场出乎意料的车祸使他背负一生。为了逃避,哈里选择了到一个人迹罕至的森林里,当一名伐木工人。虽然条件恶劣,工作辛苦,但是他很满足。然而,尽管内心已经超然物外,仍无法阻挡对亲人的丝丝牵挂,无法忘怀父亲话语中那忧郁的掩饰不住的无奈。他决定回家,他不能自私地独自逃避,而将痛苦留给家人,回家至少可以给家人一些安慰。是亲情召唤了他,使他走出了解除自我禁闭的第一步,而使他坚定地继续走下去的是麦克唐纳。是麦克唐纳让哈里意识到人们没有遗弃他,社会没有遗弃他,他还有重塑自我的希望,还有值得追寻梦想的理由。

宽容和信赖可以化腐朽为神奇,化冰峰为春水,化干戈为玉帛。麦克唐纳的宽容和信赖拯救了哈里的灵魂,帮助他抹去了自己沉积在心底的阴影。

（许雯霞）

感谢曾经帮助过你的人,是他们在你遇到困难的时候,毫不犹豫地向你伸出了友爱之手。

韦尔德的礼物

◆七　月

午后的阳光下,几只蝴蝶轻盈地飞过斑驳的树影,而凯恩只是定定地望向树林深处,最后吸了两口"骆驼"牌香烟,狠狠地将烟蒂在身后的橡树干上旋灭了。"除了不幸,一切都结束了。"他的嘴角牵出一丝颓丧的苦笑,回忆又开始像那从漂流瓶中逃出的魔鬼,无情地啃噬着他的心灵……

5个月前,凯恩还是华尔街上令人艳羡的商界精英,与竞争对手连连成功的交手膨胀了他的自信,而滚雪球般的利润越加刺激了他的雄心。然而,幸运女神的眷顾不是永恒的,就在凯恩准备继续拓展自己的商业版图的时候,风云变幻的交易市场上,一次投资失误引发了恶性连锁反应。短短几周之后,赤手空拳艰难打拼出的金融帝国,只剩下凄凉的断壁残垣。豪华别墅、顶级跑车、名模女伴、名牌套装……同财富一起走向他的生活的,最终又和金钱一起将他抛弃了。更糟的是,也许因为被成功的光环包围得太久,凯恩发觉,自己根本无法面对惨痛失败后的每一天,而在无数并不真诚却无比动听的恭维与赞美中,他早已迷失了可以重新起飞的支点。

凯恩黯然回到了阔别17年的故乡——山谷怀抱中的乔奇镇。地图上根本找不到它的名字,这里,除了安静,只有贫穷。少年时的他便渴望走出小镇,当他沉醉于大都市的灯红酒绿的时候,也从未记起过它的样子。现在他回来了,不过,并不是为了追忆和怀念什么。

这片树林位于小镇西边。凯恩抚摩着橡树皮被烟蒂烧灼后的痕迹,然后疲惫地垂下手臂,默默地想:"这是最后的旅途吧,这儿很安静,不需要太久……"

"我说,在林子里吸烟可是很危险哪。"正在出神的凯恩被一个苍老的声音吓了一跳。回头一看,一个身材瘦小的老头儿正站在身后,很机警地盯着自己。他的胸前挂着一副像是高倍率的望远镜,背后还有一支长筒猎枪:"有什么要帮忙吗?这里很容易迷路的。"

凯恩下意识地摸了摸夹克衫口袋,支吾地应付:"手表链不知什么时候松脱了,我想应该掉在这附近,不过还没找到。"

老头儿想了一下,然后大手一挥:"我和你一块儿找吧。这里网状的小路几乎可以通往任何地方,没个向导可不行。"说着,又打量一下凯恩,"特别是对你这样的外地人。"

于是,凯恩硬着头皮,开始和老头儿沿着来时的小路,寻找那块根本不存在的手表。

一路上,凯恩一直沉默不语,而那个老头儿却似乎有着很高的兴致:"叫我韦尔德好啦,乔奇镇唯一的守林员。"他的脸上泛起自豪的笑容,然后又自顾自地谈论起来,"很少有人愿意花上半个钟头来体会树林的美妙了,其实只要细心一点儿,你就有很多意外的发现。比如有些交叉小径的卵石间能找到饼状海胆的化石,榛子上啃咬的痕迹告诉你睡鼠应该不远,蜂兰常常长在茂密的灌木丛里,欧洲蕨和月桂树丛里有时还能看到雉鸡和喜鹊……"他的语调,温和得如同谈及最亲密的朋友。

韦尔德喋喋不休地介绍,一开始让凯恩非常不耐烦,一心盼着尽快走出树林,然后马上和他告别。可是,孩提时在林中嬉戏的场景,那短暂的、随着父母的相继病故而匆匆远去的欢乐时光,竟随着老头儿提及的每种植物和鸟虫的名字,穿过凯恩心中那扇早已尘封锈蚀的记忆闸门,依稀地再次浮现于眼前:

样貌平凡的豌豆,姿态美丽的蕨草,五颜六色的小石子,慌张奔跑的四脚蛇,在老旧的圆罐子中晒干的枫叶和金龟子,偶然形成的水洼里捉到的水蝇和蜻蜓幼虫……缺少糖果和玩具的暗淡童年里,这些都是树林弥足珍贵的馈赠。

可是,从什么时候,它们变成了轮盘赌中的号码和支票上的数字?高级会所里的咖啡红酒,百老汇中的歌声魅影,主题派对上的觥筹交错?……这一切带来的欢乐与满足的回忆,在这片仿佛依然在岁月深处安睡的树林中,显得多么脆弱而苍白啊!渐渐地,凯恩放慢了脚步。

当落日的余晖给树木的枝丫镀上金黄的线条时,凯恩向还在远处拨弄着灌木丛的韦尔德喊:"算啦,别管什么手表了。"

看到他有些迷惑的神情,凯恩微笑着在心里说:"我想,我找到了更久以前丢失的东西。"

"那你到我的小屋坐坐好吗?就在树林边上。"这个守林的老头儿用很大的嗓门儿问。凯恩点点头。继续走了不久,凯恩看见了他的小屋,那是一幢砖砌的房子,在逐渐西沉的阳光里发出粉红的光彩。走进房间,凯恩游目四顾:层层叠叠的书架子,摆满乌木雕像、植物标本的橱柜,都显出深厚的岁月感,但比想象中整洁得多。在松饼和奶茶的甜香中,他们度过了愉快的下午。凯恩感慨地说:"我还会回来的,因为这里有我丢失的……手表。""好啊,"老头儿举起手中的陶瓷茶杯,"到时候,别忘了再让我给你做向导。"

星光隐约出现在树林上空的时候,凯恩起身道别。走下小屋门口的石阶之前,他轻轻拥抱了一下韦尔德,诚恳地说:"很高兴认识了您,韦尔德先生。"

"年轻人,还记得《圣经》中说的吗?"老头儿愉快地向他挑了一下稀疏的眉毛,"何必为衣裳忧虑呢?就是所罗门极荣华的时候,他所有穿戴的还不如这一朵花呢!"说着,他在宽大的上衣口袋里摸索了一阵,最后变戏法似的掏出一朵木头雕刻的百合。

最后,老头儿用干瘦的手掌拍了拍凯恩的肩膀:"希望你喜欢韦尔德的礼物。"

凯恩把它紧握在手中,向山下的乔奇镇走去。镇上的灯火越来越清晰的时候,凯恩停下来,把木雕百合放进夹克衫一边的口袋,又从另一边口袋里拿出藏了一天的水果刀和绳索,深深吸了一口气,然后,把它们远远抛进了路边的草丛……

时光飞逝,乔奇镇的居民们再没见过那个失魂落魄的远游客。一个暮春的傍晚,乔奇镇西边的树林里,一个鬓边略染风霜的中年人敲开了守林人的小屋。他就是凯恩,经过 11 年的奋斗,他再次赢得了金融界的尊重与钦佩。可是,门被拉开的时候,凯恩的心陡然沉重了。

"原先住在这里的老守林人?"门里的年轻人干脆地回答,"他在 5 年前去世了。"却又好奇地反问:"老约翰可是个古怪人,你是他的朋友吗?有传闻说,20 年前他本来在曼哈顿过得很风光,可忽然就抛下一切来乔奇镇看林子了,是真的吗?"

凯恩更糊涂了:"他不是叫韦尔德的吗?"

"哦,就说他是怪老头儿嘛。他只喜欢人们喊他韦尔德,其实,乔奇镇真正叫韦尔德的,"年轻人举臂一指,"只有您身后的'韦尔德森林'啊。"

沿着被积年的棕色松针铺成软毯的林间小路,凯恩无言地望向被树荫掩映的远方。在树林巨大的绿色剪影里,仿佛可以听见每棵树最沉静的呼吸。云雀的歌唱依旧回荡在碧色的森林上空,野百合静静开放……"所罗门极荣华的时候,他所有穿戴的还不如这一朵花呢!"凯恩的脸上,慢慢浮现出一丝若有所悟的微笑。和年轻的守林员告别后,凯恩在最后一缕晚霞中,离开了这座小镇……

当林中小路再次被厚厚的棕色松针铺成软毯的时候,小镇上的环境建设基金会收到了一笔数目可观的神秘捐款,捐赠人的姓名和地址都没有注明,只是在一张有百合花纹的便笺上写着:

韦尔德的礼物。

感恩提示

世上的礼物有很多种,物质上的、精神上的、有形的、无形的……物质上的和有形的,可以给人带来欢乐和惊喜;而精神上的和无形的,有些却可以使人终身受益。

当凯恩以前的飞黄腾达都成为泡影时,经受不了生活打击的他来到家乡的树林准备自杀,是守林人韦尔德的豁达和对生活真谛的诠释挽救了他轻生的念头:"何必为衣裳忧虑呢?就是所罗门极荣华的时候,他所有穿戴的还不如这一朵花呢!"临别时,韦尔德送给凯恩一朵木头雕刻的百合。百合花历来被人们视为圣洁、友谊的象征,普希金也曾赞美百合花为"永不凋谢的美丽的生命力的象征",它象征着"吉祥",寓意着"生命",而木刻的则赋予了它永恒的意义,这朵木刻的百合花寄寓了那位守林人对凯恩的期望:生命是大自然赠与我们的最宝贵的礼物,人生不应只是一味地追求物质上的虚无和繁华,精神上的充实才是人生的真谛,正像百合花那样,淳朴而不妖艳,圣洁无华。后来,神秘的"韦尔德的礼物"正寄寓了凯恩那颗感恩的心。

感谢曾经帮助过你的人,是他们在你遇到困难的时候,毫不犹豫地向你伸出了友爱之手。他们是你摔倒时一把真诚的搀扶,是冬日里一抹可贵的阳光,照亮了你心灵的黑暗,点亮了你前进的道路。

(张裕娜)

他一生都没有忘记是马克斯给了他成功的机会。因此他帮助了好几个年轻人接受高等教育。

助学贷款

◆[美]凯·邓拉普

一天,公司老板马克斯走在回公司的路上,他刚接了一大批订单。公司的生意很好,年仅30岁的他已是一个成功的商人。

当他走向办公室时,看到街对面一个二十多岁的小伙子正用力擦洗着服装批发店的台阶。那男孩看起来很眼熟。马克斯穿过大街走上前去问他:"你在这里做什么?"

男孩说:"我为这家店工作,老板让我擦这些台阶。"

"你叫什么名字?"马克斯问。男孩告诉了他。

"你父亲是附近肉铺的屠夫吧？"年轻人回答是的。

马克斯回到办公室打电话给屠夫:"我刚看到你儿子在擦台阶。他看上去是个很聪明的年轻人。那样的工作是他自己选择的吗？"

"我儿子想上大学,"屠夫语气平和地说,"但是我负担不起。"他解释说他的儿子中学毕业后工作了两年,赚钱为了念大学。

"让你儿子明天来见我。"马克斯说。

第二天晚上,年轻人在做完公司的清洁工作后来到马克斯的办公室。

"你想回去上大学吗？"马克斯问。

"比什么都想。"年轻人回答。

马克斯说:"我要送你去念大学。你把上大学所需的费用列出清单。"

第二天年轻人拿来写好的清单,马克斯看过后说:"你不想为自己要点儿什么吗？你不吃午饭或偶尔去理个发吗？你或许会需要买些新衣服,把这些都加进去吧。"

在交给年轻人支票前马克斯说:"我要强调一些条件。"

男孩静静地坐着,目光里充满了期待。

"第一,你不能告诉任何人这笔钱的出处。第二,你必须保持拿高分,我不是送你进大学做花花公子。第三,这是一笔贷款。等你可以偿付的时候你要一分不差地还给我。最后,你要保证在你这一生中也要对其他人做这样的事。"

"谢谢您,马克斯先生！"小伙子说,"我不会让您失望的。"

以后,每个月他都向马克斯报告学习情况。在曼尼托巴大学,他取得了优异的成绩,在班里名列前茅,并被选举为学生会主席。

3年来,马克斯借给屠夫的儿子990美元,年轻人大学毕业后找到第一份工作就开始偿还这笔贷款。他第一年还给马克斯100美元,第二年还了100美元,其余的在第三年全部还清。

他一生都没有忘记是马克斯给了他成功的机会。他也记得自己曾立下誓言要对其他人做同样的事,因此他帮助了好几个年轻人接受高等教育。

感恩提示

男孩十分渴盼念大学,可家里负担不起,他唯有依靠自己。然而,都已经工

作两年了,他还在为昂贵的学费努力着。直到他遇上了好心的马克斯……男孩将会一生铭记是马克斯给了他成功的机会:让他能够适时入学,使他可以专心学习,令他能有今天的成就。

"鸦有反哺之义,羊知跪乳之恩。"男孩信守承诺,竭尽所能做到最好。他成绩优异,被选为学生会主席,只用了3年便还清了所有贷款。同时,他还不忘曾经立下的誓言,以马克斯般的善心感恩于更多的人。他承诺过不会让马克斯失望,他真的做到了。

男孩的成就里有马克斯的功劳,男孩的人格里更是有马克斯的影响。

马克斯不让男孩告诉任何人钱的出处,是不想显露自己,他觉得自己干的是件并不值得炫耀的很平常的事情。马克斯要男孩拿高分,别做花花公子,是让男孩明白,之所以资助他念大学,是希望他将来能有出息,有真本事。马克斯要男孩在有能力的时候一分不差地偿付所有的贷款,是希望他知道,这不是施舍,不是同情,只是帮助。最后,马克斯要男孩保证在这一生中也要对其他人做这样的事。他是希望男孩不只是财富的追求者,更应该是慈善的施予者。

马克斯帮助男孩渡过了求学的难关,也帮助男孩塑造了完美的人格。

(许雯霞)

林雪峰叹了一口气,说:"我在走投无路的时候,只有你很爽快地让我住在你的车棚里。和其他朋友相比,你要好得多,我应该感谢你才对。"

住在车棚里的朋友

◆杨汉光

刘刚和妻子小芳刚刚熄灯睡觉,就听到外面有人按响了门铃,刘刚只好起来开门。他先从猫眼向外看，只见外面站着一位手提行李包的男人，再仔细一看，认识，是他大学时的同学，叫林雪峰，他们有许多年没见过面了。

刘刚热情地请老同学进门，林雪峰放下行李，脱掉鞋子，才小心翼翼地进来。进门后，刘刚在灯光下才看清楚，这位老同学怎么搞的？原本黑色的行李包变成了灰色，裤腿上还沾有两小片草叶，像是刚从垃圾场过来。

林雪峰苦笑说："我出来快半年了，跑了许多地方，还没找到工作。你看看，弄得一副狼狈相。听说深圳机会多，我这就过来碰碰运气。"

刘刚说："别灰心，你在深圳会找到工作的。"说完，就招呼老同学洗澡、吃饭，然后安排他睡下来。

小芳好像不太欢迎林雪峰，她悄悄跟刘刚说："这个人住在家里我怪不舒服的，你得想办法让他快点儿走，最好明天就走。"

刘刚说："他是我老同学，我怎么好意思赶他？"

小芳想了想说："那么这样吧，我们说要出差。他总不至于一个人赖在我们家不走吧？"刘刚听了，叹了口气，没有吱声……

第二天清早，刘刚夫妻和林雪峰一块吃饭。小芳假意问林雪峰有什么困难，林雪峰说："最难的是没有落脚的地方。"

小芳说："本来你可以住在我们家，可事不凑巧，我和刘刚都要出差，今天下午就走，最少要几个月后才能回来。非常抱歉。"

林雪峰笑一笑说："没关系，吃完饭我就走。"

吃完早饭后，林雪峰真的告辞了。刘刚把他送到楼下，林雪峰忽然指着楼下的一排小平房，问："这些小平房是车棚吧？"刘刚说："对，第二间是我的。"林雪峰说："我想把行李暂时放在你的车棚里，不知道行不行？"刘刚说："当然可以。"他当即打开车棚门，让林雪峰把行李放进去。

林雪峰说："还要麻烦你把车棚的钥匙给我一把。"

刘刚脱口说："用不着，你回来拿东西说一声就行了。"

林雪峰说："你和小芳都出差了，谁帮我开门？"

刘刚听到这话脸红了，不自然地说："也是。"就给了林雪峰一把钥匙。林雪峰问："要是我拿走行李时，你们出差还没回来，钥匙放在哪里？"刘刚想了想，说："放进我的信箱里吧。"放好行李后，刘刚目送林雪峰远去，他真心希望老同学快点儿找到工作。

回到楼上,小芳却埋怨说:"你不该把车棚的钥匙给他,万一他把我们的摩托车偷走怎么办?"刘刚听了,不高兴了,说:"林雪峰绝对不是那种人。"

小芳还是不放心,她多了一个心眼,用铁链把摩托车拴到铁门上。晚上,小芳一直惦记着自己的那辆摩托车。第二天,天一亮她就跑下楼到车棚去看。结果,小芳发现不但摩托车完好无损,车棚还被扫得干干净净的,墙角有两块折叠整齐的纸板。

小芳把她的发现告诉刘刚,刘刚说:"我的老同学晚上很可能是在车棚里睡觉呢。"小芳不信。当晚,两人就守在窗口,盯住车棚看。守到夜里12点多钟,果然看见林雪峰回来开门进了车棚。刘刚难过地说:"唉,我的老同学一定是走投无路才来找我,我这样对他,太不应该了。"他要下去把林雪峰请上来。

小芳拦住丈夫说:"你疯了,这样下去不是丢尽脸面了吗?万一姓林的向你所有的同学说三道四的。你还要不要做人?"

刘刚问:"那怎么办?"

小芳说:"以后我们不能在家里弄出太大的响声,晚上不要开灯,上下楼更要千万小心,总之,不能让林雪峰知道我们在家。"

从此,刘刚和小芳就像做贼一样生活,即使不坐摩托车,也戴着头盔上下楼,把脸遮住。最麻烦的是晚上,他们不敢开灯,只好摸着墙壁走。

直到两个月后,在信箱里看到一把车棚的钥匙,刘刚和小芳才长出一口气。他们看到林雪峰只留下钥匙,却没有留下地址,也不知道他去了哪里,再看看车棚的地面,已经被他睡得又光又滑了……

真是天有不测风云,3年后,刘刚供职的公司破产了。

刘刚也像3年前的林雪峰一样,到处找工作,到处碰壁。正在心灰意冷的时候,忽然有一天,林雪峰打来电话,问刘刚愿不愿意加盟他们的公司,林雪峰已经是一家大公司的经理了。

刘刚喜出望外,他问林雪峰:"你怎么知道我失业了?"

林雪峰说:"其实我一直关注你。"

刘刚惭愧不已,一时冲动,就说:"我……我以前骗过,你知道吗?"

林雪峰说:"知道,你和小芳一直在家,却骗我说去出差几个月。"

刘刚问:"那你为什么还要对我这么好?"

林雪峰叹了一口气,说:"我在走投无路的时候,曾经找过许多朋友,结果没有一个人愿意收留我,只有你很爽快地把车棚的钥匙给我,让我住在你的车棚里。正因为有你的车棚,我才站稳了脚跟,才能继续去找工作。不瞒你说,那时候我身上只剩下10块钱,和其他朋友相比,你要好得多,我应该感谢你才对。"

刘刚哽咽说:"你……我……"

他不知道说什么好,泪水无声地流下来。

感恩提示

面对林雪峰的感谢,刘刚无言以对了。他怎么也想不到最后帮助自己的,竟是当初住在自己车棚里的落魄的林雪峰!回首往事,他想起了当初对待朋友时的虚伪的一幕幕,愧疚的泪水终于在明白真诚才是友情的真谛后流了下来。

俗话说"滴水之恩,涌泉相报"。林雪峰就是这样的人。走投无路时的他始终铭记着在他最困难的时候给予他帮助、把车棚让给他住的刘刚,尽管这是刘刚给予他的一个小小的帮助,但是对于他来说,却如干裂的旱地遇到了雨水滋润一样。所以他在刘刚处处碰壁时,怀着一颗对待朋友的真诚的感恩的心,邀请他加盟,为朋友这个定义作了一个完美的诠释。

可见,朋友,就是在你最困难时给予你最及时的帮助,给予你精神力量的那个人。无论贫富贵贱,他们都会在你最需要的时候出现,送来炭火般的温暖。捧出你真诚的一颗心来,因为友谊之花需要它来浇灌。时刻铭记哪怕是微不足道的一点儿帮助吧,因为布满荆棘的人生需要它们来开辟道路!而因为有了这些,你的人生才是完整的。

(许雯霞)

此时的我只觉得一股热泪涌上眼眶,禁不住扑向他的跟前,亲吻着他的面颊。是的,我从他那里找到了自己的路。

命运打不垮的执著

◆[美]琼·克蒂斯

第一次见到拉马·多德是在佐治亚艺术城的艺术博物馆,那还是15年前的事了。当时博物馆正在为他举办绘画艺术展览,我们社团的人都想去那儿一饱眼福。

多德在艺术城可谓传奇式人物。他激励了新一代年轻艺术家,并在佐治亚大学创办了一个全美声望卓著、赫赫有名的艺术系。可是,对于我来说,更重要的不在于他是位出色的老师,而是一个敢于在生活中实践自己的梦想,敢于在生活中认定目标并朝着目标奋发图强的人。

多年来,我一直在一所国立大学做管理教员的工作。这所学校管理上的教条死板,行政上的官僚主义作风令我时时感到沉闷、压抑和窒息。而今,我面临人生的十字路口:或墨守成规,一成不变,继续维持我在那儿的安安稳稳;或下定决心,开创我自己的事业,实现我久久以来心底的秘密,完成我久久以来梦寐以求的夙愿。

当丈夫和我踏入博物馆大理石铺成的地面的时候,我留意到男人们身着晚礼服,妇女们穿着雪纺绸花边服,相互之间熟悉近乎,彼此都很聊得来。在这些充满自信的成功者面前,我自愧不如,觉得好不相称。

我俩走近他的身旁,多德朝我们望了一眼,那双浅蓝色的眼睛里忽闪出明亮的光泽,不由得使我心头为之一震。我们简短地交谈了几分钟,忽然我注意到,他交谈的时候,眼神却全然落在我的身上。从他的举止言谈里,我强烈地觉察到似有某种意思蕴涵于其中。

那晚过去了,我未曾想还能够再见到多德。不料,一周后,他来了个电话,特邀丈夫和我去做客。

多德在他的家门口迎接我们,把我们引进他的画室。画室的中央,立放着一个画架,画架子上铺展开一张巨大的画布。右边的小桌上,满是散乱地摆放着装有各种各样颜料的油缸、画笔和调色板。几百张画布分塞在各个不同的小橱柜里,房子里仍有很多的空间空着、闲着。

多德想在他的画里描绘表现出病中人物的精神面貌。他讲述了如何创造一种人物心底的喧嚣骚动,生涯里的饱经沧桑以及精神上渐渐痊愈的视觉上的最佳表现手法。他还和我丈夫讨论了如何摄取那种视觉上的心像技法:"那么,您呢,您意下如何,亲爱的?"他突然问我。

后来,他自然而然地把我也纳入这场讨论之中。喝完咖啡,我发现自己竟也情不自禁地谈起我的梦想,那种渴望开创一项事业的梦想。这项事业一方面使我能够从事教学工作,另一方面又可以着手进行写作,可谓两全其美,是我最爱做的事情。

"你还是胆怯了,"他语态中肯,一针见血地指出,"我深知这种症状。"他讲,"勇气,不过是种蹩脚的执著,而我偏偏不乏勇气。它意味着每天起床,做你不得不做的事情。一旦结局不佳,心情不顺,得咬牙坚持下去;一旦受到别人阻挠干扰,更需拼命做下去。我高中毕业后,上了佐治亚技校学建筑,"他接着说,"当时我心不在焉地学习,却极尽心思地想讨别人的欢心,无心注重自己是否真正快乐。结果,不到一年,我便弃学回家,伤感于失败,成天把自己关在房子里。"

"那你怎么得以解脱的?"

"亏得后来在亚拉巴马州的一所小学校找到一份工作,教教美术。由于和年轻人一起工作,我摆脱了疑虑多端的内心恐惧,一头沉进画画当中。我曾向自己许过诺,不管心态如何,每天都要坚持做下去。"

"那么一切都已过去了,"我心想,"但愿对我来说也能那样地容易。"

然而,对拉马·多德来说,接下来的生活也并非那么顺顺当当。我发现,他的生活也充满着我们所有的人都感受过的困扰,以及由这些困扰所带来的同样的焦躁,同样的疑虑。不同的是,他自始至终想方设法去战胜阻挡在面前的这些障碍。

拉马和我成了朋友。

我常去他家拜访，他总是不断鼓励我，要我鼓起自我设计的风帆，可我犹犹豫豫，尚未打算开始我梦寐以求的事业。他一边和我说话，一边洒脱自如地泼画出一连串绚丽多彩的水彩图画。画中幕幕景致源于他在意大利科陀拉观望向日葵的美好记忆，源于他对缅因海滩边渔夫们的无尽情思。他的丰富想象力和创作力似乎永远也无止境。

此后不久，拉马遭受到一次意外的打击——中风了。

好几个礼拜，我都怕再见到他。他的右手，那只用来作画的、妙笔生花的手瘫痪了。我肯定，他的勇气也会因此受到严重影响。

我决定去探望他。敲门时，我听得见沉沉的脚步渐渐挪近，声音缓慢，步履维艰。门开了，依然是那头蓬松而熟悉的白发，不过他的眼神显得有些茫然惆怅，唯独眸子的深处依然闪烁着倔犟不屈的光芒。

"真高兴，亲爱的！"他兴奋起来，说起话来声音如稍稍脱了速的播放的录音一般，他依然挂着镶金顶的手杖，右手搭放在头顶上。我们一同走进画室旁的休息室，谈起了许多事情，但只字未提他的不幸遭遇。渐渐地，他又以他惯有的南方人的绅士派头转换话题，谈起我所关心的事情，以及我个人的抱负。

离开他家以前，我去了趟盥洗室，返身道别时，看见他已经进入画室里，拖移着步子走到画架跟前，聚精会神地站立在那里。眼前，一个大画框里坐放着的是一张壮观的岛屿的油画。岛屿兀突地向前伸出，蓝绿色的浪涛汹涌地拍打着海岸。我站在走廊上默默地凝视着，我的心为他感到极度悲伤。端望着自己再也做不了的作品，他会是多么的伤感啊！

然而奇异的事情发生了。拉马左手拾起一支画笔，一步一挪地朝着画布移动。他把画笔放进那只毫无知觉的右手，竭力把笔夹放在两个手指当中，笔柄紧贴住掌心，然后再用左手牵导着，小心翼翼又神色痛楚地把画笔猛然向前推去。画笔横划过画面，留下了一道色彩浓重的完美线条。

过了好一会儿，他才转过身来，见我正在凝神注目，便慢慢地放下手中的画笔。

"不过试试，亲爱的。"他说，"勇气无非是种蹩脚的执著而已。"此时的我只觉得一股热泪涌上眼眶，禁不住扑向他的跟前，亲吻着他的面颊。是的，我从他那里找到了自己的路。

人生的命运是变幻莫测和难以捉摸的,而执着却可以不被它所打垮,在与命运的抗衡中傲然挺立。

"我"在人生的十字路口久久徘徊,或选择安于现状,或完成自己梦寐以求的夙愿。直到"我"遇到了拉马·多德,是他的执着和坚强让我找到了属于自己的"路",他仿佛油画中波澜壮阔的海面上的那个突兀的岛屿,在蓝绿色的波涛汹涌中稳稳矗立,勇敢地与命运挑战。

"勇气无非是种蹩脚的执着而已。"在我们的生活中,再平坦的道路也难免会有绊倒的时候。命运掌握在我们自己的手中,这要看我们如何去面对自己的生活。我们耳熟能详的贝多芬、张海迪、爱迪生、邓亚萍、海伦·凯勒、桑兰等,敢于扼住命运的咽喉,决不向命运屈服,在他们的身上,我们看到了命运打不垮的执着,他们身上所展现的生命之光在人生的长河中熠熠生辉。路就在自己的脚下,它也许是荆棘密布,也许是金光大道,但不管怎样,我们都要一步步地走下去,平凡的人听从命运,只有强者才是自己命运的主宰。

泰戈尔有句名言:"如果错过了太阳时你流了泪,那么你也要错过群星了。"与其哀叹命运的不公,不如相信自己的力量。感谢身边一直鼓励你、支持你的人们,是他们给了你生活的勇气,让你执着于自己的梦想,继续向前!

(张裕娜)

从那天起，我开始学着尊重自己、爱自己，也学会尊重和了解我周围的人，包括我的孩子。

假如失去片刻光明

◆ 郑恩恩 / 译

　　我的公司在曼哈顿一栋气派的摩天大楼里。那天，我正在整理文件，准备稍后下班时，电话响了。是秘书璐熙打来的，她半小时前提早下班了。璐熙的声音里有种莫名其妙的惊慌："我不小心把一个包裹遗忘在我的办公桌上。它很重要，必须立即送到盲人协会去。盲人协会离办公楼不远，穿过几个街区就到了。您能帮我送去吗？"

　　我答应了璐熙的请求。我刚走进盲人协会，还没来得及开口，就有人径直向我走来："欢迎您光临！我们马上就开始。请坐。"然后指了指他旁边的空位。

　　一帮人坐在那里，我被安顿在视力正常的那排人里，对面则是一排失去视力的盲人。

　　一位大约 25 岁的年轻人，站到了房间前面，开始解说：

　　"我是今天的辅导员。待会儿，请失去视力的朋友，先了解坐在对面的朋友。你们必须认真地感知对方的脸部特征、头发状况、骨骼类型以及呼吸频率等细节。我说'开始'，你们就行动。先摸头发，注意体会卷曲和顺直、粗糙和细腻等区别。并且，猜猜它是什么颜色。然后是额头，感觉它的硬度、尺寸和皮肤的肌理。接着研究眉毛、眼睛、鼻子、颊骨、嘴唇和下巴，最后是脖子。辨别对方的呼吸，平静还是急促？聆听对方的心跳，快速还是缓慢？好，开始！"

　　我觉得毛骨悚然，恨不能插翅逃离这个恐怖地带。这以前，如果不经我同意，我绝不允许谁触碰我的身体。可对面的年轻人已经伸出手，接触到我的头发。天哪,实在太别扭啦! 慢慢地,他的手移到我的面颊。我难受得浑身冒汗。他快听到我心脏的节奏了,马上就知道我已惊慌失措。不能让他摸清我的心态。深呼吸,镇静。不要示弱,不要失态。当这宛如炼狱般的过程结束时,我不禁长长地舒了口气。

年轻辅导员的声音再次响起:"接下来,轮到视力正常的人去感知各自对面的搭档。请你们闭上眼睛,把他们当做素未谋面的陌生人。默想您打算了解些什么。比如,他们是谁、他们在想什么、他们的梦想是什么等。请先从头部开始,感觉他们的发质,猜测一下会是哪种颜色。"

我摸了摸"搭档"的头发,有些干燥,还有些卷曲。可是,我想不起他的头发是哪种颜色。我从不留心任何人的头发,自然谈不上记忆了! 事实上,我没有正眼瞧过谁,只是不停吩咐别人,任何人对我而言,都像可有可无——我从来没有真正注意和关心身边的人! 我认为:我的生意才是最重要的! 什么接触、什么感觉、什么了解他人,完全和我拉不上关系。

手滑过年轻人的眉毛、鼻子、面颊和下巴,我的心底渐渐有一股热流涌动,灵魂里最敏感、最柔软、最脆弱的某个部分,不知不觉间被触及。那个部分,我不敢示人,更不敢自己面对,一直被我小心地隐藏。我突然感到寒意森森,期盼尽快远离这栋大楼,而且,永远不要再来。

"梦想"这个词忽然蹿进了我的思绪。那个年轻人有什么梦想吗? 我觉得自己有些奇怪:他和我非亲非故,无牵无挂。我为什么会关心? 我有两个十来岁的孩子,但我对他们的梦想一无所知。我猜他们关心的不仅是汽车、运动,还有女孩吧。我们很少深谈,彼此几乎可以称做"陌生"。我也不祈求他们会喜欢我。至于妻子,我们各自为营,也无所谓交流。想到这些,我的汗越来越多,呼吸更加急促。当年轻的辅导员说停止时,我立刻缩回手,有种解脱的释然。

"下面是这次活动的最后环节。每个人有 3 分钟,和你们的搭档交换彼此的体会。失去视力的朋友先来。"

我的搭档说:"我叫亨利。在您没有赶来之前,我以为自己又被遗弃了。我很感谢您能够及时赶到。感谢您有勇气接受陌生人的'亲密接触'。因为,尽管您遵从了辅导员的安排,内心却非常抵触。我还发现,您的心非常'大',但它十分孤独。您希望从生活中得到更多的爱,却不知道如何寻找到它。其实,我很钦佩您敢于直面自己心灵的胆量。您想逃离这栋大楼,但最终坐了下来。我第一次来这里时,也有同样的念头。不过现在,我很坦然,不再惴惴不安地思考我是谁,也不忌讳在他人面前哭泣、惊慌,甚至恐惧。我不再把自己藏在工作里,率性地想笑就笑,要跑就跑,即使在人前跌倒也不介意。这些朴素简单的情感,都是我在盲人协会学到的。我从心底接受而且欣赏它们。您应该多花一点儿时间在这里,认识真正的自己。"

我望着双目失明的亨利,第一次在大庭广众下擦干眼泪,无语凝噎。我从来不知道世界上有这样的地方,可以让我得到这么多无条件的爱、尊重和智慧。

我记得只对亨利说了一句话:"您的头发是棕色的,您的眼睛很亮。"亨利,大概是第一个让我记住别人眼睛的人。我其实是个盲人,亨利不是,他能穿过黑暗看清他自己。

活动结束时,我才想到璐熙的包裹。我把它送给辅导员:"我的秘书让我转交的。很抱歉,来晚了。"

我没有告诉任何人,包括始作俑者,我的秘书璐熙。这段经历以及以后每周去两次盲人协会的事,成为了我心灵的秘密。

我无须向别人解释,但开始去领悟人们之间的爱。我不会向我华尔街的"朋友"透露半点儿风声。我知道,在残酷的现实里,我必须保持高高在上的状态,否则——任何一个破绽都可能授人以柄,让我遭到迎头痛击。

但从那天起,我开始学着尊重自己、爱自己,也学会尊重和了解我周围的人,包括我的孩子。

感恩提示

当我们尝试闭上眼睛,能否自如地在屋子里走上一圈,能否准确说出你的亲人或朋友的面貌?我们是否关心过他们的想法,他们的理想,还有即将面临的困难或挑战?可以说很少很少,社会激烈竞争已令那些工作的人无暇顾及这些,每个人像上了弦的发条,日子过得紧绷绷的。一如文中的"我",沉迷于工作而对身边的人几乎视为透明。

生活没有闲暇,哪来多余的情绪去关注工作之外的事情,更何况感恩生活,感恩亲人和朋友?但我们又是幸福的,因为我们还拥有一双明亮的眼睛,还可以尽情享受世界动人的色彩。可悲的是我们的目光焦点不在人情世故之上了，流连忘返于琳琅满目的商品，醉心于社交的钩心斗角。社会让我们不再单纯，不再热情，甚至不及一个失去光明的人那样热爱自己身边的人，那么懂得去感谢每一个人，那么懂得去维护仅属于自己的自尊与人格。

此刻，我想问，我们还有空吗？请留点儿时间给自己，给我们至爱的人！

(苏剑连)

一直以来我相信使人超越死亡的，不是勇气而是爱，今天我看到了这种爱。

生死网聚

◆西 屏

用网络线交换求生意志

在女人四十一枝花之际，晴天霹雳，医生宣布盈盈得了癌症。盈盈好愤怒，好不甘心，将自己封闭起来。她以前很爱漂亮，喜欢在镜子前端详自己，总是把自己弄得漂漂亮亮的，罹癌后好长一段时间，不再照镜子，讨厌看到自己，无法提起劲来，心境落寞暗淡。

随之而来的是痛苦的放射线治疗，动了大手术，然后是更难熬的化学治疗。盈盈开始在网络上写日记。她的呼痛明白简洁，却震撼人心。她用文字狂呼心中的不甘，抒发对老天的愤懑，在网络人我不识的场域中，尽情大声地呼喊，呼得凄厉而不必伪装。她的文字流露着深沉痛楚的怨怼，字字惹人热泪。

意外地，温情从四面八方涌来，她的留言板收到了超过 1 万封的留言，29 万人次看她的日记，收到了 90 万颗鼓励的心，这么多人用宽带替她疗伤，让她被爱包围,这一大群完全不相识的人,用书写陪伴她走过 10 个月痛苦的 6 次化疗。意外地,很多人也从盈盈的抗癌日记中,获得新生的力量与勇气,付出者也成为收获者。

更重要的是,许多癌症患者,开始与盈盈用文字取暖,用网络线交换求生意志。其中最令人感动的有两位,一个是才 23 岁的模特儿羽薇,她得的是血癌,看了盈盈的日记后,两人在网络上建立了深厚的情感,羽薇称盈盈为“盈妈咪”,盈盈叫她“羽薇宝贝”。一个台风天,羽薇在凌晨两点从医院偷跑到网吧写日记,她告诉盈妈咪:“不要担心哦,我的身体……还……撑得住……”羽薇的不甘心全写在了日记中:“如果每天能有 48 小时多好,给我多一点点时间,就这么让我贪婪一下多好……”

另一个是 29 岁“最爱梦梦的狼”,“狼”得的是肺癌,化疗极为痛苦,他被盈盈激发了求生的勇气,他在盈盈的留言板上写着:“盈姐,跟你研究一下,我口腔现在中了念珠菌,溃烂 70%,从里到外……我也是血红素不够,贫血,我可以二选一,一个是不吃东西,这样可以不痛,一个是狠心吃下东西补点儿可怜的白血球和血红素,因为一直输别人的血也不是办法……我选择了吃,不过每次吃东西我都会先关上门,不准任何人靠近。因为,我没出息,每吃一口都会不小心流下眼泪,因为那种痛,真想一刀插死自己算了。我走过来了,我一共日夜痛了 5 天,医生说,因为我硬吞,把表皮那层溃烂都吃光了,他说我够狠。这 5 天,我白血球从 1000 增到 5000 了……最后一次化疗资格合格了。”

有一天盈盈在日记中提到自己想要什么样子的寿衣,“狼”留言说:“盈姐,你有点儿畏缩了呢,不像我心中的盈姐。我不要你加油,你只要别太让我失望就好了。可惜,我不是女人,不然我一定要尝试一下生小孩究竟有多痛,会比我吃东西更痛吗?”

盈盈回复:“看着你的留言,眼前一片模糊,觉得自己好惭愧,好想可以当面给你拍拍手……你真的好棒……告诉你,生孩子是很痛,但绝对不如你口腔溃烂吞咽痛。别再硬吞了,我知道那种痛,实在是无法用言语形容的。因为你,我不再畏缩,一定会硬着头皮撑过去,我们一起等待黎明哦……谢谢你。”

就是这些温情,开始改变了盈盈,她不再孤独,不再害怕,不再消沉,她变得乐观而积极。

前所未有的网络文字救援

11月底,盈盈办了一个感恩的网聚,她要当面谢谢在网络上陪伴自己走过生命幽谷的网友,70个名额一下就满了,许多人从外县市赶来,七十几个完全不相识的人突然聚在一起,却完全不见生疏。大家拍红了手,红了眼眶,心头更是热得火红,非常温馨动人。大家的爱在网络上已发过酵,一种发酵后的舒软圆润,一种刚出炉的温暖细致,营造了一个繁复多迭而美丽的聚会。

盈盈在最后致词时,说了一个故事。有次刚做完化疗,非常痛楚,她突然失去了求生意志,写了篇非常灰色的日记后,决定跳楼。但是站在阳台上想着深爱的家人,实在犹豫。此时有位住香港的"深蓝"看到了她的日记,立即写了篇情深意挚的文章给盈盈,而且开始呼喊自己所有的网友们,去给盈盈加油,朋友再呼唤朋友,一呼百应,文起字涌,形成了一次前所未有的网络文字救援。盈盈从阳台回到电脑前,来自世界各地的打气不断拥了进来,盈盈被这样的爱所惊吓,在计算机前号啕大哭……盈盈说到这里,想到阳台上的惊心动魄,想起从未见过面的"深蓝",以及当晚被文字营救的心情,当场放声大哭了起来,好多人在一旁陪着落泪。

阿卡是台北县一家洗衣店的老板娘,那天她哭得一塌糊涂,她在日记中说:"第一次参加网聚,带着满满的感动回家,现在还很激动,今天的网聚,好温馨。一直以来我相信使人超越死亡的,不是勇气而是爱,今天我看到了这种爱。"

感恩提示

在死神逼近之时,如何才可以挽救一个濒临绝望的生命?我想最有效的良药莫过于爱。

在这个互联网发达的时代,网络的高速发展不仅给人们的生活带来了许多方便,而且也缩短了人与人之间的距离。当生活乐观的盈盈得知自己不幸被病魔之神笼罩时,她的生活开始变得黯然无光,甚至几次差点儿轻生。但这时网络上的朋友向她伸出了友爱之手,许多癌症患者,开始用文字与盈盈互相取暖,交换求生意志,盈盈的生活又开始有了颜色。在感恩的网聚中,大家为爱而感动,在爱中受到鼓舞,正是这种爱超越了生死存亡,使彼此的心紧紧地联系在了一起。

　　爱之花绽放的地方,生命便会是一片欣欣向荣。英国的莎士比亚曾经说过:"慈悲不是出于勉强,它是像甘露一样从天上降下尘世;它不但给幸福于受施的人,也同样给幸福于施与的人。"感恩不是一种勉强和无奈,是源自于内心深处最真诚的爱,而感恩则是爱心的第一步。当你学会感恩别人和接受别人的感恩时,你便获得了双份的幸福和满足。人与人之间没有了感恩,那我们的世界将会是一片黑暗。如果人生是花,而感恩则是这花中的蜜,甜美而芬芳。

(张裕娜)

　　"老人家,我想,就让这个包成为我改邪归正的见证吧。谢谢您,谢谢您改变了我的一生。"说完,他就沿着街道远去了。

卡尔的花园

◆箫　心

　　卡尔是一个非常内向的人,他寡言少语,如果遇见你,他总是面带笑容紧紧地握住你的手,算是向你打招呼。即使我们比邻而居已经 50 多年了,但是还没有谁敢说很了解卡尔的。

　　卡尔退休以前,每天早晨都乘坐公共汽车去上班。每每看着他独自一人沿着街道走向公共汽车站的时候,我们都会为他担心。因为,在第二次世界大战中,一颗子弹打伤了他的一条腿,使他走起路来有些跛。看着他一跛一跛艰难地走着,我们就担心他别出什么事。尽管在二战中,他死里逃生,但如今,他却未必能熬得住,因为我们这个居民区已经今非昔比了,这里帮派林立,犯罪分子胡作非为,抢劫贩毒日益猖獗。

有一天,在我们当地的教堂里,卡尔看到一份征求一名志愿者去管理牧师住处的花园的广告。他立即悄悄地前去登记报名。

此后,他一直都做得很好,生活得也很好。但是,到他 87 岁那年,我们一直担心的事情终于发生了。

那天,他刚为花园浇完水,就看见有三个不良少年一步一步靠近了他。对他们那不怀好意的企图,他故意装作视而不见,只是问道:"你们想喝水吗?"

"是的,我们想喝水。"三个人中那个个子最高、身体最强壮的家伙狡黠地笑着说。当卡尔把水管递给他的时候,另外那两个家伙却乘势上前,抓住了卡尔的胳膊,并把他摔倒在地。他手中拿着的水管也掉在了地上。顿时,地上水流成河,许多东西都浸泡在水中了。那三个可恶的家伙还抢走了他退休时发的纪念手表和他的钱包,然后逃跑了。卡尔想试着自己站起来,但是,由于那条伤腿的原因,他没有站得起来。

牧师跑过来帮助他的时候,他正躺在那里,想要聚集全身的力气站起来。"哦,卡尔,你感觉怎么样?你受伤了吗?"牧师一边扶卡尔站起来,一边问道。

卡尔吃力地站起身来,湿透的衣服紧紧地裹在瘦小的身体上。他一只手抚摸着额头,叹息着摇摇头,说:"唉,他们还只是一些年轻无知的孩子。我希望他们有朝一日能够有所悔悟。"他一边说一边弯腰捡起水管,调节好龙头,重又开始浇起花来。

看见卡尔又给花浇起水来,牧师感到非常纳闷儿,他关心地问道:"卡尔,你在干什么?"

"哦,我必须要给花儿把水浇透,最近天气太干燥了。"他平静地答道。

几个星期之后,那三个不良少年又来到了卡尔的花园。就像以前一样,他们的威胁恐吓没有遭到任何反抗。卡尔再次邀请他们从他的水管里喝水。

这次,他们没有抢劫他。他们猛地从卡尔的手里抢过水管,然后,正对着卡尔,用冰凉的水把他从头至脚浇了个透。他们侮辱过卡尔之后,不但没有感到羞耻和歉疚,还幸灾乐祸地咒骂着,对他们刚才所做的"乐事"大笑不已,然后大摇大摆地扬长而去。

卡尔只是默默地望着他们远去的背影,然后转过身,迎着温暖的阳光,拾起水管,继续浇着满园的花儿。

转眼，炎热的夏天过去了，凉爽的秋天到了。一天，卡尔正在花园里为花木松土。突然，有一个人来到他的身后，令他颇为震惊，他只觉得有什么东西绊了他一下，身体猛地跌向他刚修剪下来的常绿植物的枝叶上。他努力挣扎着想站起来，却看到那个曾经在夏天里三番五次伤害过他的三个不良少年中的高个子头目正弯腰靠近他。

卡尔挪了挪身体，使自己坐稳，然后就静待着高个子的袭击。"老人家，您别担心，这次我不是来伤害您的。"年轻人一边温和地说，一边还把他那布满文身和伤疤的手伸向卡尔。

当他扶着卡尔站起来以后，就从他的衣兜里拽出一个皱巴巴的包，送给卡尔。

"这是什么？"卡尔吃惊地问道。

"这是您的东西，"年轻人不好意思地解释道，"您的背包，还有钱包里的钱，您数数，一分也不少。"

"我不明白，"卡尔不解地问道，"为什么现在你会帮助我？"

年轻人挪了挪双脚，看上去非常窘迫。"我从您这儿学到了很多东西，"他局促不安地说，"过去，我和那帮人到处去伤害像您这样的人。我们之所以选择您，是因为您年龄大，而且我们知道根本不用费劲就能伤害您。但是，每次当我们对您做过那些不义之事后，您不但没有还击我们，而且也没有大喊大叫，甚至您还给我们水喝。您没有因为我们对您的不义而憎恨我们，您向我们展示的始终是您的宽宏、您的爱！"他停了一会儿，继续说，"自从我们抢劫了您的东西以后，我每天都睡不好觉。现在，我把它还给您。"

他尴尬地站在那里，用乞求的目光看着卡尔，不知道还要说些什么："老人家，我想，就让这个包成为我改邪归正的见证吧。谢谢您，谢谢您改变了我的一生。"说完，他就沿着街道远去了。

卡尔看着他手中的包，小心翼翼地打开了它。他拿出那块他退休时发的纪念手表，戴在了手腕上。然后，他又打开钱包，找到了他结婚时和妻子的合影。照片上那年轻的新娘子，正幸福地微笑着并且深情地注视着他⋯⋯

就在那年圣诞节之后的一个非常寒冷的日子里，卡尔在睡梦中平静地去世了。虽然天气异常寒冷，但是许多人都自发地参加了他的葬礼。不仅如此，牧师还注意到有一个高个子年轻人正静静地坐在教堂中一个偏僻的角落里。牧师把卡尔的花园当做是生活中的一堂功课向人们布道。他强忍着眼中的泪水，嗓音沙哑地说："让我们尽自己最大的努力，把各自的花园浇灌得更加美丽。我们永远都不会忘记卡尔和他的花园。"

转眼，冬天过去了，春天来了。牧师又在教堂里贴了一张广告，上面写着："急需一名志愿者前来管理卡尔的花园。"那天，有一个人敲响了牧师办公室的房门。牧师打开门，看到一个年轻人正站在门外，他那双满是伤疤和文身的手正拿着那张广告。"我想，这就是我想要的工作，如果您接受我的话。"他诚恳地说。

牧师立刻就认出他就是那个把抢来的手表和钱包还给卡尔的年轻人。他知道正是卡尔的仁慈和善良改变了他的生活。所以，牧师拿出花园小屋的钥匙，递给他，并拍了拍他的肩膀，语重心长地说："去吧，孩子，好好照顾卡尔的花园，好好保持他的荣誉。"

这个年轻人走进了卡尔的花园，并且，在那以后的几年里，他始终尽心尽力地照顾着花园里的一草一木，就像卡尔以前做的那样。在这期间，他读完了大学，和他心爱的姑娘结了婚，而且成为社会上一名杰出的人士。尽管如此，他始终都没有忘记曾经许下的诺言，自始至终都尽力保持花园像他想象中的卡尔所能保持的那样美丽。

但是，有一天，他告诉新来的牧师说今后他不能再照顾花园了。他面带微笑，羞涩地解释道："是这样的，昨天晚上，我的妻子刚生了一个男孩，星期六她就要把他带回家了。"

"噢，那真是太好了！"牧师一边说一边接过花园小屋的钥匙，"恭喜你！孩子叫什么名字？"

"卡尔。"年轻人答道。

感恩提示

卡尔相信爱就是最好的教育。在面对不良少年的多次伤害时，他没有做任何的反抗，而是向他们展示了自己的宽宏与爱。卡尔这种高尚的人格深深地拨动了年轻人心底那根善良的弦，唤醒了他灵魂的良知。

可以设想，如果没有卡尔，如果不是卡尔的仁慈和善良，那位年轻人也许会走向另一条路,一条通向罪恶的路。正是卡尔的爱一直指引着他,使他看到了人性美好的另一面;也正是在卡尔的影响下,他的人生从此改变了方向。在卡尔去世后,从卡尔手中接过爱心的接力棒,继续照顾花园。内心深处对卡尔的感恩一直伴随着他成长的每一个脚步,从而走出了一个美好幸福的人生。

有一首歌这样唱道:"感恩的心,感谢有你,伴我一生,让我有勇气做我自己……"是的,感谢朋友,感谢那些曾经给过你帮助和影响的人以及将要给你帮助和影响的人吧,他们永远是你成长路上的良师益友! 一句善意的劝告,一个诚挚的眼神都是他们为你点燃的一盏盏明灯,而你的感恩,会使那些灯燃得更亮!

常怀感恩之心吧,那样会使你的人生走得更好!

(许雯霞)

深山陋屋,病弱老母,身患残疾,他应该比我更需要金钱来维持生存啊! 可他却用这样的方法,整整帮助了我一年!

一盒假饭票

◆汤红霞

那年夏天,我收到一所中专录取通知书的同时,父亲也被稻场上的脱谷机卷去了一只手。

我很小的时候母亲就远走高飞了,是老实巴交的父亲守着贫瘠的村落抚养我长大的。这突来的横祸让我们父女俩悲痛不已,但父亲没有放弃我的学业,他卖了不足 40 公斤的猪,又卖了部分粮食,四处找村人求借,很艰难地拼凑着我的学费。一直到 10 月份以后,我才提着陈旧不堪的行李跨进市里学校的大门。而那时已开学一月有余,新生军训也过了。

坐在教室里,我流着泪暗暗发誓,一定要节约,要把一分钱掰成两半用,最大限度地减少父亲的负担。因为学校正试行封闭式教学,我不可能在课余时间去谋点儿兼职什么的,节约的唯一途径只能是从牙缝里省。对于一日三餐我是这样安排的:不吃早点,正餐就买2两米饭和两毛钱的素菜,吃得最多的是酸辣土豆丝,只因它更易下饭。

那时我已是个15岁的大孩子,对食物有着惊人的渴望和需求,身体仍在拔节似的长高。每次到食堂,当鼻子里飘进粉蒸排骨或煎鸡蛋的香味,我总会及时地把嘴巴闭得紧紧的。如果不这样,我想我会失态如村口那只小黑狗,流下长长的口水来。我嫉妒别人碗里的丰厚,在心里,我千百次地用意念将他们的佳肴吞得精光。

除了繁重的学习以外,我还肩负着校文学社副主编的重任,且不时参加校内举办的各项体育竞赛。超负荷的身体支出,长期的营养不良,使我在接近一年的时间里变得面黄肌瘦,身体疲软,整天无精打采。

暴食一顿鱼肉的念头反反复复地、越来越强烈地折磨着我。好多次咬着牙将1元的餐票拿出来捏在了手心,但递进食堂窗口前,父亲老迈的驼背和那只血淋淋的断臂总是劈面而来,将我贪婪的欲望转化为深深的自责。终究,1元还是换成了两角。

那天是周四上午的最后一堂自习课,没吃早餐的我早已饥肠辘辘,一边在手里悄悄把玩着餐票,一边烦躁不安地等待下课开饭的时间。这时教室外有文学社的成员找我,交给我一份新生的申请书。从抽屉里取文学社公章时,我一不小心把红红的印油涂在了餐票上。就在一刹那,一个大胆的想法电光火石般在脑海里闪现出来。

我的脸因激动而发红,暗骂自己真笨,怎么早没想到这一点呢?那些餐票,和学校的管理体制一样还不够完善,只是一张方方正正的硬纸壳,一面彩色一面空白,空白的一面是用记号笔手写的金额和红红的印章。只要模仿上面的笔迹再私刻一个公章,印油一按不就行了吗?书法是我的强项,至于公章,找块大橡皮在上面雕上那些字就可以取代!

几天后,我的一沓面值1元的餐票诞生了。到底是作假心虚,我心里忐忑不安,把那些假票翻来覆去地看,一会儿觉得万无一失,一会儿又觉得字迹不太逼真,印章也模糊。但渴求已久的愿望已让我来不及去多想,我心若离弦的箭恨不得飞去食堂,我要马上买两份粉蒸肉饱餐一顿!

学校的食堂有四个窗口,其中三个窗口都是凶神恶煞的中年妇人,边不耐烦地吆喝着快点儿快点儿,边手脚麻利地在轮流递去的饭盒上忙活。只有2号窗口,打饭的厨子是个三十多岁的聋哑人。据说他的传奇之处在于,他可以根据别人说话的口型判断出对方的话语。他脸上常挂着憨厚的笑容,勺里送出的分量只多不少。这样一来,每天开饭时间他面前都排着长长的队伍。

我走进食堂。选择窗口时我的心因紧张而发颤,我担心被人认出,那样我会声名狼藉,在学校里面的种种荣耀也许全都会一败涂地!而那三个凶女人让我不寒而栗,看来只有选择2号窗口下手了。退一步说,就算他发现了是假票,趁他是个哑巴不会说话的一时半刻,我还来得及偷偷溜掉。

队伍前面的人已空,轮到我了。与他眼神交接的瞬间,他又向我咧嘴一笑。每次在他手里买饭时他都这样,莫非他认识我?我一下子慌了,不知所措。我的磨蹭让队伍推挤起来,后面的人群发出牢骚声。我不得不硬着头皮递过去:“两份粉蒸肉。”他接过票看了一眼,然后再看我一眼,眼神里有着很明晰的诧异——是诧异一直买土豆丝的我突然大方了呢,还是……

我的脸很不争气地刷一下红到了脖子根儿,头也不自觉地低了下来。完了,肯定完了,我想撒开腿跑,可是饭盒还在他手上,那饭盒是我进校时花两块钱买的,舍不得白白扔掉。前后不过几秒钟的时间,我的后背就黏糊糊一片了。惴惴不安之际,高高堆着粉蒸肉的饭盒突然出现在我的视线下。抬头,是他一如往常的憨笑。我长吁一口气,唉,真是草木皆兵啊!还好是虚惊一场!

有了那些高蛋白高脂肪的滋补和营养,我的脸色逐渐红润起来,干瘦的身体慢慢长得圆润。每次,看见他在窗口咧嘴微笑的表情,我心里就会乐开花:这聋哑人就是聋哑人,到底辨别力差些。再转念一想,又免不了得意地佩服自己是个不可多得的人才。

时间一直流转到次年的11月。中旬的一天中午,我径直奔2号窗口,却意外发现换了人。闪身退出来,我一个个窗口挨着找,也没见那个憨笑的熟悉面孔。从我进入校园起,就没见他休息过一天,那么现在只有两种可能:要么他得了重病,要么离职了。这样想着想着就沮丧起来,在我内心里,恶毒地希望他是得了重病。因为病好后他还可以再来,要是离职了,我就再也不能顺畅无阻地用假饭票狂吃海喝,就算能,也还得在别人手上,重冒一次风险。

我怏怏地返回教室，途经收发室时，门卫交给我一个小小的邮盒。我疑惑不已，心里疑团重重，快步回到教室，急忙拆开。

让我意外的是，小小的纸盒里竟是两捆餐票！我随意拿起一捆一看，脑子"轰"地一下就炸开了——竟然全是我曾"花"出去的假票！

诧异、尴尬、恐慌、困惑，各种各样的情绪在瞬间打倒了我，我突然有种呼吸困难的感觉。回过神，我的手被蛇咬了一口似的缩回来，边左右环顾边慌张盖上了盒子。到底是怎么回事？是谁终于发现了我的假票又给打回了？是食堂交给了校领导吗？想起餐票的下面还压着一封信，我更惶恐不已，一定是校领导顾及我的面子，以这种方式来揭发我，并让我在"认罪书"上签字了！

我的心坠到了深渊，颤抖着手把信拿出来打开。想不到，里面没有刀削斧凿般的刚劲字体，却只有歪歪扭扭的几行：

> 很早就看过校报上你的照片和简介，所以知道你的班级和姓名。很喜欢你的作文。我母亲病重，我要回大别山去照料她，可能不会再来了。你的那些票退回给你，以后别再用了，被人识破就麻烦大了。我在食堂有 50 元押金，我和他们商量不要现金，优惠给我 60 元的餐票。他们答应了，我觉得蛮划得来。你以后可以用这些票偶尔加加餐，别老吃土豆丝，身体会跟不上的……

原来是他，那个早就明察秋毫，却一直对我的自以为是默默纵容着的善良残疾人！

我的胸口像被什么狠狠地撞了一下，他的清澈眼神，他的哑语手势，他的憨笑，突然间就从我对他一片混沌的印象中无比清晰地浮现出来。看着另一捆面值 1 元的 60 张餐票，滚烫的泪水扑簌簌落了我一脸。

深山陋屋，病弱老母，身患残疾，他应该比我更需要金钱来维持生存啊！可他却用这样的方法，整整帮助了我一年！自始至终，我都不知道他的姓名，没听过他的声音，他只是我生命里匆匆而行的一个过客。而他，不但完整地保护了一个花季女孩视为生命的脸面和尊严，还留下了无私的关爱和温暖。那些餐票，给了我那年最春意盎然的冬天。我用它们买到了世界上最可口的美味，每一次吃着吃着就落了泪。

那些香美和温暖,随着胃的吸收渗透进我的血液,滋养了我以16岁为起点的、长长的一生。

感恩提示

母亲的远走高飞,父亲的不幸断臂,家庭的一贫如洗,求学的不懈执著,饥饿的痛苦难耐……一切的现实是那么的无奈,"我"最终把持不住,迷途于人生的交叉路口,用自己的"聪明才智"为人穷志短树立了一个"很好"的典范。

如果没有一个那小小的邮盒,没有那两捆厚厚的餐票,没有那几行歪歪扭扭的文字,"我"或许会一直那么自以为是地迷途下去。是他,一位"我"经过分析比较,精选出的最佳人选,一位明察秋毫的善良残疾人,一位生命长河中的匆匆过客,以山里人的善良、无私、淳朴、高贵维护了"我",温暖了"我",拯救了"我"。

16岁——最美妙的花季年龄,女孩——最敏感的脆弱群体,脸面和尊严有着何等至关重要的地位。他以他的淳朴保护了"我"强烈的自尊,以他的善良与真诚把"我"拉回了迷途的交叉路口,并以他的无私教会了"我"如何正确走好人生的每一步。他给了"我"一个重新起步的机会,教会了"我"如何不再迷途于更多的人生交叉路口,感恩上天在"我"迷途的时候安排了一个他。

"施人慎勿念,受施慎莫忘。"他是"我"的救星,却并不想在"我"面前扮演"救星"的角色。他不是哲人,却给"我"演绎了爱的哲学。他虽然聋哑,却为"我"吹奏了一曲最动听的迷途笛音。他清澈的眼神,他憨厚的笑容,他哑语的手势,将是"我"一生的铭记,一世的明灯。

(许雯霞)

我没有再见到班奇太太,她当晚死了。不过她给我留下了最好的遗赠:帮助我珍爱我的工作——做一个好护士。

寻找珍爱

◆[美]鲁夫曼

在我遇见班奇太太之前,护理工作的真正意义并非我原来想象的那么一回事。"护士"两字虽是我的崇高称号,谁知得来的却是三种吃力不讨好的工作:替病人洗澡、整理床铺、照顾大小便。

我带上全套用具进去,护理我的第一个病人——班奇太太。

班奇太太是个瘦小的老太太,她有一头白发,全身皮肤像熟透的南瓜。

"你来干什么?"她问。

"我是来替你洗澡的。"我生硬地回答。

"那么,请你马上走,我今天不想洗澡。"

使我吃惊的是,她眼里涌出大颗泪珠,沿着面颊滚滚流下。我不理会这些,强行给她洗了个澡。

第二天,班奇太太料我会再来,准备好了对策。"在你做任何事之前,"她说,"请先解释'护士'的定义。"

我满腹疑团地望着她。"嗯,很难下定义,"我支吾道,"做的是照顾病人的事。"

说到这里,班奇太太迅速地掀起床单,拿出一本字典。"正如我所料,"她得意地说,"连该做些什么也不清楚。"她翻开字典上她做过记号的那一页慢慢地念:"看护:护理病人或老人;照顾、滋养、抚育、培养或珍爱。"她"啪"的一声合上书,"坐下,小姐,我今天来教你什么叫珍爱。"

我听了。那天和以后许多天,她向我讲了她一生的故事,不厌其烦地细说人生给她的教训。最后她告诉我有关她丈夫的事:"他是个高大粗骨头的庄稼汉,穿的裤子总是太短,头发总是太长。他来追求我时,把鞋上的泥也带进了客厅。当然,我原以为自己会配个比较斯文的男人,但结果还是嫁给了他。"

"结婚周年,我要了件爱的信物。这种信物是用金币或银币刻上心和花形图案交缠的两人名字的简写。用精致银链串起,在特别的日子交赠。"她微笑着摸了摸经常佩戴的银链,"周年纪念日到了,贝恩起来套好马车进城去,我在山坡上等候,目不转睛地向前望,希望看到他回来时远方卷起的尘土。"

她的眼睛模糊了:"他始终没回来。第二天有人发现了那辆马车,他们带来了噩耗,还有这个。"她小心翼翼地把它拿出来。由于长期佩戴,它已经很旧了,但一面有细小的心形花形图案环绕,另一面简单地刻着:"贝恩与爱玛,永恒的爱。""但这只是个铜币啊。"我说,"你不是说是金的或银的吗?"

她把那件信物收好,点点头,泪盈于睫:"如果当晚他回来,我见到的可能只是铜币。这样一来,我见到的却是爱。"

她目光炯炯地面对着我。"我希望你听清楚了,小姐。你身为护士,目前的毛病就在这里。你只见到铜币,见不到爱。记着,不要上铜币的当,要寻找珍爱。"

我没有再见到班奇太太,她当晚死了。不过她给我留下了最好的遗赠:帮助我珍爱我的工作——做一个好护士。

感恩提示

当知道事实与想象相距千里时,"我"失落极了。想着每天替病人洗澡、整理床铺、照顾大小便,这些吃力不讨好的苦差,"我"再也无心去体味心目中护士的崇高。

带着冰冷与生硬,"我"开始护理"我"的第一位病人——班奇太太,一位银发满头的病危老人。班奇太太用她一生的故事,她的人生教训,她珍贵的遗言教"我"懂得了珍爱。珍爱"我"身边的病人、老人,珍爱"我"崇高的护士工作。

以丈夫的永远离去为代价,她懂得了珍爱。这令她追悔莫及,无比悲痛的事实,这弥足珍贵的人生教训,她宽容、无私地传给了"我"。当"我"还执迷于"你不是说是金的或银的吗?"时,她的回答令"我"羞愧得猛然醒悟。"我"被失落蒙蔽了双眼,只看到了护理工作的表面,却没有看到这表面下蕴藏的爱。

亨利·福特说:"工作是你可以依靠的东西,是可以终生信赖而永远不会背弃你的朋友。"如果没有班奇太太的"礼物","我"想,"我"的冰冷与生硬一定会令"我"在将来的某一天,深深地追悔、自责和痛苦那不可挽回的失去。是班奇太太帮助"我"在悔恨之前醒悟过来,让"我"重新去认识护士的崇高,重新去审视自己的工作,重新燃起了做一名好护士的愿望。是班奇太太让"我"明白了人生没有彩排,每天都是现场直播,错过了只能是错过;让"我"明白人生苦短,最可贵的莫过于选自己所爱,爱自己所选。

班奇太太在现实中去了,却在"我"心中复活了。　　　　　　(许雯霞)

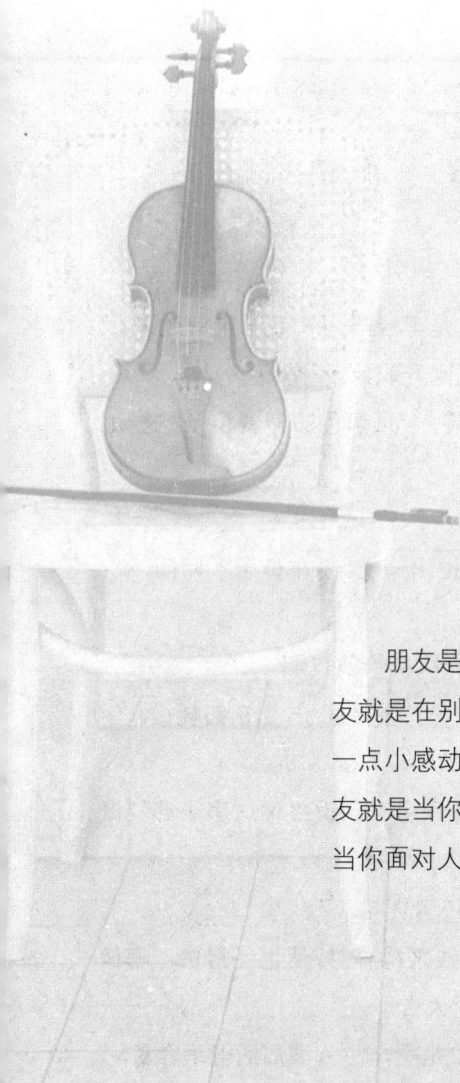

我们的友谊最"瓷实"

朋友是无形中伴我们走过风雨,永远支持我们的力量;朋友就是在别人面前永远护着我们的那个人;朋友就是即使是一点小感动,一点儿小事情都想和我们一起分享的那个人;朋友就是当你抱头痛哭的时候,扶着你肩膀的那个人;朋友就是当你面对人生挫折时,一直紧握你的手的那个人。

梦 里 有 你

◆赵悠燕

罗威刚要出门,接到一个电话:"罗威啊,我是李台阳。好,我马上就过来。"

罗威想:和李台阳这么多年没联系了,自己刚升职,莫不是……

门铃响了,门开处,伸进一个乱蓬蓬的脑袋,一只黑色的塑料袋子"嗵"地放在地板上。

罗威说:"是台阳啊,快请进。"

坐在沙发上,罗威递烟给李台阳。李台阳抽出一支,凑在鼻子上闻闻,说:"罗威,你混得不错啊。"

"听说你要来,特地去超市买的。"罗威用打火机给他点烟。

李台阳嘻嘻一笑,放下烟,说:"那么破费干吗?我早戒了,那东西耗钱。"

罗威说:"那就吃些水果吧。"

李台阳也不客气,抓了个苹果,边吃边环顾房子,说:"你这房子够气派啊。"

罗威说:"我是'负翁'一个,现在每月还在还房贷呢。"

李台阳说:"你们夫妻俩都是白领阶层,这钱来得容易,债也还得快。哪像我们,能吃饱饭,不生病,孩子上得起学,就上上大吉了。"

罗威想,这像是要借钱的开场白吧。他说:"是啊,现在,谁都活得不容易。"

李台阳说:"你真是身在福中不知福。我打小就知道,你将来肯定比我活得有出息。"

罗威说："哪里哪里，也是混口饭吃吧。"

李台阳正色道："你这样说就不对了，人要知足，对吧？"然后，又开起玩笑："你可不要犯错误啊。"

两人聊起童年时的事儿，说到小时候的邻居谁离婚了，谁出国了，谁还是那么一副臭脾气，一聊聊到快中午，李台阳还是没说他来的目的。

罗威说："台阳，咱们去外面馆子吃吧，边吃边聊。"

李台阳说："今天肯定不吃了，我答应老婆回家吃饭的。"仍然继续刚才的话题。

罗威见他一直不提正事，又没有走的意思，想到自己下午还有个会，又不好意思催促，心里便有些七上八下起来，心想可能李台阳不好意思自己提出来，便说："台阳，你还在摆地摊吗？不如找个固定的工作，做保安什么的，收入也比那强啊。"

李台阳说："我不喜欢做保安，我倒是想过自己租个门面，这样总比被城管赶来赶去强。"

罗威说："城管大队的人我倒是认识，你今后有什么麻烦的话，我可以帮忙。"

李台阳拍了一下罗威的肩膀，说："兄弟，有你这句话，说明我没有白惦记你。十多年了啊，你还是这般热心肠。好，我高兴，真是高兴啊。"边说边站了起来。

罗威说："吃了饭再走。"

"老婆还在家等着我呢。好，我走了啊。"

听着李台阳"嗵嗵"的脚步声一路下去，罗威低头看了看地板上的黑袋子，打开来一看，原来是自己小时候最喜欢吃的鱼子干。

罗威不知说啥好，忽然觉得自己特俗。

楼梯口又传来"嗵嗵"的脚步声，好像是李台阳的。罗威想：可能刚才他没勇气说出口，就冲这一袋子鱼子干，不管他提啥要求，自己一定想办法帮他。

打开门，果然是李台阳，尴尬的脸上都是亮晶晶的汗珠。他不好意思地说："你们这个小区像个迷宫，我绕来绕去总找不到大门。"

罗威说："瞧我这粗心，应该陪你下楼去的。"说着，便和李台阳下了楼。走到楼下，李台阳去开自行车锁，那辆车和李台阳一般灰不溜丢、蓬头垢面。

罗威问："你是骑车来的？"他知道李台阳住在西城，从那骑车到他这儿，起码要一小时。

　　李台阳说："是啊，骑惯了。"

　　罗威说："台阳，你有啥困难只管开口，我能帮的一定帮你。"

　　李台阳说："没啥事，就想来看看你。"

　　罗威说："多年咱都没联系了，你今天上门一定有事。你只管说，别开不了口。"

　　李台阳看看罗威，像下了决心似的说："我说出来你可别生气。"

　　见罗威点头，李台阳说："我昨晚做了一个梦，梦见你得了重病，很多人都围着你哭。这一醒来，我心里就七上八下的，连地摊都不想摆了。知道你混得好，我也不想打搅你。可这梦搅得我难受，连我老婆都催我来看看你，看你气色这么好，我就放心了。唉，梦呗，我这人还真迷信。"

　　罗威的眼睛红了，他一把抱住李台阳，说："兄弟。"

感恩提示

　　当李台阳说出了自己来的原因之后，眼睛红的不止罗威一个人，还有千千万万的读者。

　　不知道从什么时候开始，我们的身边变得越来越吵，手机通讯录里的名单不断增加，每天的饭局一个接着一个让人应接不暇。可是每当夜深人静的时候，你会忽然发现，可以陪你喝酒吃饭的人有很多，可是能陪你说说知心话的人几乎没有。熟人越来越多，朋友越来越少，社交场上的热闹不是因为彼此有利益关系，就是为了联络感情打发寂寞的时光，而那些性情相投的朋友却因为种种原因失去了音讯。

　　不要让岁月带走那些如同生命一样重要的纯真友情。那些友情和金钱无关，和权势无关，和地位无关，只和真心有关。

　　愿生生都有这样的朋友，愿世世都有这样的兄弟！　　　　　（王　磊）

我们这样一对朋友，何尝不是一对完美的瓷器呢？

我们的友谊最"瓷实"

◆佚 名

　　我俩都喜欢瓷器，在文人瓷器研讨会上相识成为好友。但彼此身份悬殊，一个是大公司的老总，一个是机关的小干部。老总财大，曾把价值百万元的藏品赠给省博物馆，而我，一辈子也挣不了一百万，即使遇到至爱的瓷器，大多没钱买下，只能饱饱眼福，只能买些廉价的玩意儿。但我们都很懂行，用行里的话说，都不曾看走眼，于是彼此敬慕，惺惺相惜。

　　我经常成为老总的座上宾——每有外地藏友来访，老总盛情款待，少了我就不开席，那个酒店的最低消费是每人 1000 元。这相当于我半个月的工资。

　　我也常请老总吃饭，比如转手一件瓷器挣了千儿八百，就拉老总去小吃店，炒几个小菜，喝两块钱一瓶的啤酒。老总从未嫌弃过我，总是欣然前往。饭后，老总看着我掏出几张皱巴巴的钞票去结账，也绝不抢着去埋单，尽管老总经常替别人埋单。有次，我去老总那儿帮忙鉴定一件瓷器，就遇见一个有身份的官员，直言不讳地让老总给报销一些招待费。老总连数额都没细看，就在发票上签了字，让财务带着去开支票。老总说，这些人惹不得，唉！我的公司，经常会有人利用各种身份，以各种理由，来报销饭费、油费，甚至还有家属的药费。

　　我的妻子曾动过一次手术，药费至今都因单位经费紧张没能报销。但我没向老总开口，尽管这笔药费已经影响了我的生活。我们是亲如兄弟的好朋友，如果我开口，老总岂能袖手旁观？好像老总也知道这事，还亲自去医院探望过呢。但我只字未提。

　　但老总会以独特的方式帮助我。有次我家的卫生间漏水，泥瓦匠出身的老总,亲自披挂上阵,刨地板,做防水,再把新地板用水泥镶好,累得满头大汗。老总说,你就是花钱雇人,也找不到我这样手艺的泥瓦匠呢。我开心地笑着,给老总递上茶水。

如果我回乡下看望母亲,老总也会买些礼物,十有八回还驾车亲往,老总说,你的母亲就是我的母亲。一次我母亲大寿,老总甚至推掉一次生意,决意前往。的确如兄弟一样亲。但在很多方面,我们让人有点"不可思议"。我有一件瓷器出手,等钱来淘换别的物件。老总早就喜欢,说不如转给我吧,那件瓷器,市场价是一万,对于两个行家来说,这是个明价。老总想要,我却只开价八千,老总会心一笑。区区两千元钱,对老总来说不算什么,我完全可以要足价;甚至,他可以借这个机会多给我一些钱,因为我的生活并不宽裕,但老总没这么做。

在各自的生活中,我们是两条不同的轨道。老总经营着公司,开着豪车,住酒店,飞来飞去谈业务,可谓日进斗金,我在机关兢兢业业,尽管薪水微薄,但乐在其中。我有一个愿望,等攒够了钱,陪妻子去一趟向往已久的云南。

云南对于老总来说,是一个常常去的地方。别说自己,就是那些攀附他的人,也沾他的光去游玩过,可我作为他的好朋友,却当成梦想去努力着。老总只是祝愿我能早日实现这个愿望。我也祝愿老总事业顺利,财源滚滚。

这样一对朋友,俗世少见,一个从不自卑自贱,一个也绝不势利。别人都说我有气节,不仰视,不攀附,不掉价。而我更欣赏那个老总,他不轻易施舍,只用一颗平常的心去待我。而按世俗的看法,我们看似亲如兄弟,却似不近人情,甚至有人觉得,一个故作清高,一个虚情假意而已。

但懂得瓷器的人都知道,同样一件瓷器,完美无缺的,可以价值连城,而稍有瑕疵,哪怕有指甲大的伤疤,或是一条浅浅的裂纹,却会大打折扣。"瓷器破了边,不值一文钱",就是这个道理。我们怎么会不懂?原来,我们都在小心翼翼地呵护着对方的完美。

我们这样一对朋友,何尝不是一对完美的瓷器呢?

感恩提示

人和人交往,最重要的就是要站在最合适的位置,把握好彼此之间的距离。这就像两只刺猬在寒冬里彼此依偎着取暖一样,离得太远了,达不到取暖的效果;离得太近了,又容易被对方身上的刺所伤。所以,彼此就必须选择一个最适当的位置,从而保证彼此之间的距离既伤害不到对方,又能达到取暖的目的。

在这个故事中,"我"和老总交往最智慧的地方就在于双方找到了这个最适当的位置。老总日进斗金,却从不主动用钱来帮助"我",看似无情,其实是怕赠予的金钱伤害"我"敏感的内心;"我"收入不高,却从没向老总要求给我以帮助,从而没让惺惺相惜的友情沾染上世俗的铜臭味儿。

这是两个有着大智慧的人,也是两个值得托付的朋友,所以他们才能创造出这么一段让人赞叹的友谊。

(王　磊)

菲勒湿漉漉的皮肤很快冻上了一层冰,如果他的朋友在水中下沉,他准备再回去下水救他!

恶 海 求 生

◆[美]弗·奥斯勒

在濒临大西洋的美国缅因州琼斯伯特地区的毕鲁斯岛,1991年1月,一年中最寒冷的时节,捕捞龙虾和捡蚌的人都躲在家里避寒,如此一来北美海螺的价格高涨。青年罗格从母亲那里借来小划艇,并喊来好友菲勒,为了挣笔钱,他们顾不上恶劣的天气。

两人开车到了毕鲁斯岛,把无锚的小划艇拖进了近乎零度的海水中。这是退潮时分,那些生有海螺的岩礁就裸露在距海岸50米的海水里。

两小时过去了,他们争分夺秒地采挖了两座岩礁,采了近百磅海螺。两人埋头苦干,准备采完第三座岩礁就满载而归。当菲勒想把海螺送回小艇时,他大声喊:"罗格!你把船停哪儿了?"他们看到,上涨的潮水正把小艇带到大海深处。

祸从天降！他们陷入绝境,凛冽的海风推着急涨的海水涌上岩礁,小艇一会儿便无影无踪了。罗格对菲勒说:"我们完了。"

"别再想船了,"菲勒说,"船不会回来了,我们必须尽快游回去！"

"不,"罗格恳求道,"我做不到！"

"我们要一起走！罗格。"

他们连续四次准备跳入海中,但都没成功。菲勒急了,说:"这次一定得跳,海水越涨越高,我们距岸边已两百米了！"

他们脱掉外套,罗格跪下祈祷着,他抱住了菲勒。"你是个很棒的朋友,"菲勒说,"我相信你能行！我数一二三,你跟我一齐跳！"

"一……二……"数到二时菲勒跳了下去。冰冷的海水让他透不过气来,随后,他听到罗格大叫着跳下来。一个人能在如此寒冷的海水中存活多久？5分钟,还是10分钟？

菲勒在刺骨的海水中边游边回头看罗格,他担心失去罗格,自己一人逃生。

大概游了一半,罗格的胳膊已冻得失去知觉,他只好看看双腿是否还在摆动。他激励着自己:"千万别停下,我一定要上岸！"

菲勒先到了浅区,他转头寻找罗格。"过来罗格！"他喊着,"你能行！"菲勒湿漉漉的皮肤很快冻上一层冰,如果他的朋友在水中下沉,他准备再下水回去救他！

罗格仰游以保持呼吸,他离岸只有15米了。冰冷的海水灌进了他的嘴里,万幸的是他的脚触到了水底。在海流的推动下,他挣扎着往岸上爬,揪住水草以免被海流卷进大海。可是,他却一点儿也爬不动了。

不远处,菲勒认出了数小时前他们停车的小屋。他的胳膊和腿都已麻木,他只能小步挪动。岩石上落了一层又滑又凉的雪,菲勒寸步难行。他仰面摔倒在岩石上,闭上双眼,只想睡过去。他想到了罗格,他想:如果我不能站起来,罗格也完了！他爬到车子前,多亏他把钥匙放在了车里,他发动引擎,并快速挂上一挡！

下午14点15分,住在半里外的奥姆家的狗叫起来。奥姆打开家门,他看到一个陌生的冰人,皮肤发白闪着蜡一样的光泽,双唇变紫！"我的朋友罗格还倒在岸上！"菲勒无力地喊道。奥姆喊来妻子和女儿把菲勒用毯子裹上,他去找罗格。

菲勒的妹妹茜蒂在毕鲁斯岛曾当过急救医护人员，当地人常打电话求她帮忙。下午14点20分，一个年轻女子打电话告诉她："你的哥哥和一个人落水了！快来！"电话挂断了。打电话的是奥姆的女儿，她忘了把话说完。

茜蒂只好开车去海边找菲勒的车子。她清楚，即使菲勒和朋友没被淹死，因为体温过低，生还的希望也不到50%。

几分钟后，她在奥姆那里发现了菲勒的车子。屋里聚了十多个人，奥姆已在岩边找回了神志恍惚的罗格。茜蒂检查他们的生存迹象：脉搏紊乱，血压偏低，瞳孔放大，肌肉僵硬。茜蒂把他们移到救护车上吸氧，他们的肌肉太硬了，茜蒂小心移动，以免骨骼断裂。

当罗格和菲勒被拉到医院，他们的中心体温都已接近34℃，他们接受热的静脉注射，并用电热毯盖好。一小时后他们出现了脱离危险的征兆，菲勒开始颤抖，这说明他的身体已有了对寒冷的感觉。不久，罗格也开始颤动起来。

九死一生的磨难后，罗格和菲勒成了患难兄弟。

感恩提示

在这篇文章中有许多个关于友情的动人画面，有些感情也许要到了离生命的终点最近的地方才能真真切切地感觉到它对心灵的冲击。当你看到两个患难与共的朋友在恶劣的环境中怎样追求生存的时候，你是否感到了生命的珍贵；而当你看到菲勒那种对朋友的不离不弃，鼓励朋友勇敢地与困境进行战斗的画面时，你是否察觉了原来有时候友情比生命更珍贵呢？

从来没有人告诉我们应怎么样去做别人的朋友，也从来没有人给朋友下过一个准确的定义，但每一个人都应明白，朋友是要用心灵去交流，用生命去呵护的。他们总在不经意间为我们付出过许多，却从来没有想过要从我们这里得到多少。友情是无私的，无私得如同把爱当成他们生命的责任，一种守护好自己朋友的责任。朋友的幸福，就是自己的幸福；朋友的困难，就是自己的困难。他们愿意尽最大的能力去帮助你，就算自己可能会因此受到伤害。因为对他们来说，能为朋友而付出，是一种幸福。

好好感激每一个为你付出过的朋友，把他们对自己的好放在心里，好好地爱他们，就如同他们爱你那样。

（黄　棋）

其实人的一生很短暂,是朋友让自己的世界变得丰富多彩,也有了一些让自己用一生铭记的东西。

患 难 之 交

◆[美]B·T.柯林斯　林玲帼/译

乘救护飞机从菲律宾起飞的航程真是累得人筋疲力尽,我们先是在日本,然后在阿拉斯加,再在伊利诺伊等各空军基地停留,直至最后降落在首都华盛顿。

我从华盛顿给住在纽约白原的亲属打了个电话。我知道,明天我就要被送往新泽西州的迪克斯堡,然后,在 1967 年那个 7 月 4 日的周末后再被送到费城郊外的溪谷福治总医院。

就在我挂断电话之前,我对母亲说:"妈妈,你最好给迪克打个电话。"他会给我的朋友传话,告诉他们我已经从越南回国,丢了一只胳膊和一条腿。他会负起责任的。

我俩是在幼年童子军相识的,也许是小学四年级吧。

第二天,我母亲和两个姐妹到迪克斯堡医院来探望我,这是我们 6 个月以来第一次见面。我没什么可看的:体重只剩下 102 磅,在幸存下来的那条腿上有许多大伤口,双眼深陷进眼窝里,全身到处都插满了管子。总之,我再也不是他们在我第二次去越南前所见到的那个身高 6.2 英尺、体重 180 磅、头戴绿色贝雷帽的我了。

在我的家人离开之后,我的房间里挤满了迪克·埃利希以及由他集拢来的几位朋友。即使我当时的外貌使他感到震惊,他也没有流露出来。一年后他告诉我:"你当时看上去就像是被单上的一条卷纹,真是显得太瘦小了。"我所能记住的，只是当他腋下夹着装有 6 个瓶装食品的纸匣大步流星跨过门口时，我的泪水禁不住直往下淌。

当他们要离去时，我的一位朋友斯蒂说："你得准备好过劳动节，我们要把你带到长岛的家里。"对于我来说那是很遥远的事，当时我只希望能把我的疼痛止住。

在以后的两个月里，只要有可能，迪克就从老远的地方到医院来看望我，在路上要花掉他三个半小时。其他朋友也常来。他每个星期都给我打电话，他想象不到，我在我的家人和熟人面前装作若无其事之后，伏在他的肩膀上哭泣对我来说意味着什么。只要他在那里，那就意味着比什么都重要。

劳动节到来时，我的朋友们按原定计划要我和他们一起去度周末。我吓坏了，我还是得离开医院这个安全地带了。于是我开始编造各种借口，但是他们来了，好歹要把我带走。

周末过得很愉快，看来生活还不是完全那么糟糕。我甚至鼓起勇气叫迪克替我把腿部残肢上的敷料换掉。他并没有畏缩。我怀疑，如果换了我，我是否也能为他这样做。

迪克开车把我送回医院。劳动节那天在路上颠簸了 4 小时之后，他把车停在医院附近的一家饭店前面。我态度强硬起来。迪克假装没有注意到我的偏执，只是说："想吃点儿什么吗？我饿坏了，开车回家还有好长一段路呢。"

"我不饿，"我答道，"我在车里等你好了。"

他把手放在我的肩膀上，双眼直视着我的眼睛："瞧，尽管我痛恨那场战争，但你还是我的朋友，我为你感到骄傲。好了，让我们试试吧。你单脚跳着坐到轮椅里，我把你推到餐厅的座位前，你再从轮椅里跳出来，坐下，然后我们就吃东西，好吗？如果这令你太难受，我们离开就是了。我答应你，我向你保证，事情不会弄到你想象中那样糟的，不会完全是那样的。"

事实的确像他所说的一样，情况根本就不是那么糟糕。这对我来说无疑是又一次炮火的洗礼，是第一次跳伞，第一次交火，我没有被生活淘汰。

第二年夏天，我还继续在医院留医，但我却在海滩度过了另一个周末。那时我已经新装上了一只假臂和一条木腿。我费力地通过了到达沙滩的路。

迪克还记得，在我们还是十多岁的孩子时，我是多么喜爱做冲浪运动，所以他问我："还冲浪吗？""不，我想，看看书就行了。"

"冲浪会令你心烦吗？"他问道。

"那么，看来我们最好还是干吧。"

我把假臂和假腿拿掉，扶着他的肩膀，然后单脚跳进浪涛中。我一往无前。

就在那一年我迁到加利福尼亚读大学，然后又进了法学院。在后来的几年中，每当有什么事令我"心烦"时，我都像那次冲浪一样，决不退缩。我学会了滑雪，又可以跳降落伞了，并用了三个夏季环游世界。

从1979至1981年，我经管加州自然资源保护队，那是为18岁到23岁的年轻人做出的工作安排。在"基础训练"结束时，我总是问那些队员，他们是否看过《猎鹿人》，那些知道这部电影的人全都认为，那是一部与越南有关的电影。

而我则总是耐心地向他们解释："不对，那是一部关于友谊的电影，是一部描述那些毫不犹豫地为你做一切事情的人的电影。"

37年前我遇上了我的猎鹿人。

谢谢了，迪克。

感恩提示

在我们成长的记忆中，朋友给自己留下了许多美丽的记忆。无论是童年还是青年，在朋友身上总有着许多关于自己的往事，在他们那里可以寻找到不少自己成长的足迹。这些记忆虽然美丽，但随着岁月的流逝，其实可以记住的并不多，而真正让自己难忘甚至一辈子也不会忘记的常常是与朋友们一起面对困难时的情景，因为我们的友谊常常在这样的时候发出最耀眼的光亮。

人的容颜会在时间中慢慢地变老，往事会在记忆中慢慢地淡忘，物品会在时间中慢慢地变旧，在这个世界上似乎没有什么是永恒的。真的是这样吗？其实人的一生很短暂，是朋友让自己的世界变得丰富多彩，也有了一些让自己用一生铭记的东西。你会忘记，在你最无助的时候，那双伸向你的手吗？你会忘记，在你哭泣的时候，是谁替你擦去眼泪的吗？你会忘记，在你最孤独的时候，是谁陪伴在你的身旁吗？

在《患难之交》这篇文章之中，你们在聆听着文字中所诉说的一件件关于"我"的往事，你是否也想起了许多陪你一起成长的朋友，许多感动过你的往事呢？

（黄　棋）

爱能使我们相互扶持,更能在这个世界上创造出伟大的奇迹!

钢琴上的黑白左右手

◆蒋光宇

　　1983 年春天,玛格丽特·帕崔克走进"东南老人疗养中心",开始了她的疗养生活。

　　米莉·麦格修是疗养中心的一位细心的员工,当她向玛格丽特介绍疗养中心基本情况的时候,注意到玛格丽特盯着钢琴看的一刹那间,流露出异常痛苦的神情。

　　"怎么了？"米莉关切地问。

　　"没什么,"玛格丽特柔声说,"只是看到钢琴,勾起了我的许多回忆……"米莉默默聆听眼前这位黑人钢琴演奏家谈起她过去辉煌的音乐生涯,不禁为玛格丽特残废的右手深感惋惜。

　　"您稍等一下,我马上就回来。"米莉突然有所醒悟地说。过了一会儿,她回来了,身后紧跟着一位娇小、白发、带着厚重眼镜的白人妇女。

　　"这位是玛格丽特·帕崔克。"米莉帮她们互相介绍,"这位是露丝·艾因柏格,也曾是优秀的钢琴演奏家,但现在跟您一样,自从中风后,就没办法弹琴了。艾因柏格太太有健全的右手,而玛格丽特太太有健全的左手,我有种预感,只要你们默契合作,一定可以弹奏出优美的作品。"

　　"您熟悉肖邦降 D 大调的华尔兹吗？"露丝客气地问。玛格丽特点点头:"非常高兴能认识您,我们的确可以试一试。"

　　于是,两人并肩坐在钢琴前的长椅上。琴键上出现了两只健全的手,一只是黑色的手,另一只是白色的手。这黑白左右两只手,流畅、协调且很有节奏感地在键盘上跳动。

从那天起,她们经常一起坐在钢琴前——玛格丽特残废的右手搂住露丝的肩膀,露丝残废的左手搁在玛格丽特膝上。露丝用健全的右手弹主旋律,玛格丽特用灵活的左手弹伴奏曲。

她们同坐在钢琴前,共享的东西不只是音乐,除肖邦、贝多芬和施特劳斯的音乐外,她们发现彼此的共通点比想象得要多得多——两人在丈夫去世后都过着单身生活,两人都是很好的祖母,两人都失去了儿子,两人都有颗奉献的心。但若失去了对方,她们独自演奏钢琴是根本不可能的。

露丝听见玛格丽特自言自语地说:"我被剥夺了演奏钢琴的能力,但上帝给了我露丝。"

露丝诚恳地对玛格丽特说:"这5年来,你也深深地影响、温暖了我,是上帝的奇迹将我们结合在一起。"

随着时间的推移,她们的演奏越来越完美。她们在电视、教堂、学校、老人之家、康复中心,频频露面,备受欢迎,甚至超越了过去的辉煌。因为她们不仅让听众、观众感受到了音乐的快乐,更让他们感受到了爱的力量。

当灾难降临的时候,只靠自己的力量可能无法摆脱厄运。玛格丽特和露丝的故事让我们懂得了,爱能使我们相互扶持,更能在这个世界上创造出伟大的奇迹!

感恩提示

一个人有着健全的左手,另一个人有着健全的右手,虽然她们都有一只手是残废的,但她们却用自己的另一只手互相配合着,并弹出了美妙的琴声。世界上许多事情就是这样,并不是自己一个人就可以做到,需要别人的相互配合、共同合作。

生活中,我们就是一个残缺了左手或者右手的人,在现实面前,常常会感到自己力不从心,或者根本无法知道自己能做什么。是朋友们给了我们另一只手,如果没有给予的信心和力量,没有他们与自己配合,我们就无法演奏出生命的乐章。在属于与朋友们一起的世界中,我们拥有的是一颗共同跳动的心,心跳的脉搏化成了一个个美妙的音符,组成了一首首动听的歌儿。

在跌倒的时候,给予我们鼓励的是朋友;在伤心的时候,给予我们安慰的是朋友;在孤独的时候,陪伴在我们身边的依然是朋友。永远都不会忘记在自己最需要的时候,给予我们最想得到的东西的那些朋友们。他们是什么时候都对我们不离不弃的人,一次命中注定的相遇,给予我们的却是一种相伴一生的感动。

(黄 棋)

狄克逊,我想,你要做的也是继续做下一件你认定了的正确的事,只要目标正确,就值得你坚持。

永不停息的军靴

◆[美]狄克逊·希尔

1988 年夏天,加州北部的富特布里格。作为一名中士,我自愿报名参加部队里最严格的训练之一:为期 6 个月的绿色贝雷帽战士资格培训。这一批参加培训的共有 500 名士兵。其中大部分都是步兵——他们个个体格强健。他们早已习惯背着沉重的背包长途行军和野外生存。而我矮矮胖胖,完全不能和他们相比。我是在军事情报部门工作的,成天坐在办公桌前分析情报信息。

我刚到这里时,周围的人都对我不感兴趣。我一点儿不奇怪,谁愿意和一个老是落在最后的人扎堆?

所以,那天,在筋疲力尽的陆地辨别方向考试之后,居然有一位叫约翰·霍尔的中士走上来和我搭话,令我不胜惊讶。头一个漆黑的夜晚,我们按要求各自在不同的地方单独露营,周围全是苍茫的群山和沼泽地,没有一点儿可以作为参照的物体,当然也不准打手电。我们被折腾了整整一夜,黎明时分才回到营地。约翰,毫无意外是第一名,而我,照例是最后一名。即使这样,我也累得够呛。

"我叫约翰。"他边自我介绍,边伸出手来。约翰看上去二十刚出头。他穿着合身的军装,更引人注目的是他那双军靴,擦得黑里透亮。我知道他对我充满了同情,但我并不需要这种东西。

"我叫狄克逊•希尔,"我说,"你不一定非要和我说话,我知道他们都不理我的原因。"

我无法改变人们对我的看法,但我清楚自己想干什么——从小我就渴望戴上绿色贝雷帽,我喜欢听父亲讲他二战结束后在菲律宾做维和部队战士的故事。我18岁就加入了亚利桑那州国民警卫队,成为一名维和部队的士兵是我一直的梦想。

当然,约翰并不了解这些。但他微笑着对我说话的态度令我放松。"明天你还会来这里的,后天也是,大后天还要来,一直到你毕业为止,对吗?我看出你身上有一种潜能,一定能坚持下去。你要做的是认准前面的目标,继续做你认定了的下一件正确的事。"他鼓励我。

训练远比宣传的要艰苦得多。除了体力上的锻炼外,更多的是意志和能力的磨炼。一天,按要求,我们在森林里露营,需要自己动手宰杀家禽家畜并准备好自己两天的食物。我挑的是兔子,想把它烤熟了吃,可是时间不够,我没能完成任务。"你该选鸡,"约翰告诉我,"而且应该煮来吃——煮起来快一些。这是我和老爸外出打猎时他教我的。"他说着返回自己的帐篷,把他的食物分了一部分给我。经他一点拨,我懊悔不已,同时,心里对他充满了感激。

时间越长,半途而废的人越多。有的没能通过战地考试,有的身体受了伤,还有的难以熬过艰苦的训练,疲惫地要求退学。培训时间过去一半的时候,只剩下175名士兵。一天,跳伞训练结束后,一个像橄榄球运动员的同伴看见了我,他惊讶地哼了一句:"嘿,你还在这里呀!"

是的,我还在这里,挣扎着。我还是落在后面。一次残酷的山地野营训练中,我顺着一棵树颓然倒下,我累坏了,真想就这样睡上它一个星期。这时,约翰走了过来,他坐在我身旁。

"你怎么啦?"他问。

"这是我经历过的最艰苦的训练,我不知道我还能不能坚持下去。"

约翰看着我,他拍了拍自己的军靴:"其实我们为了使自己能坚持下来,都用了一点儿小法宝。"他说,"我的小法宝是这两只军靴。我不把它们看做为站着不动而设计的，而是为我不断向前行走设计的。特别是在无法忍受的艰难中，我一穿上它们，它们就像总在提醒我不断向着自己既定的方向走，不要停下来。这是我肩上的责任。狄克逊，我想，你要做的也是继续做下一件你认定了的正确的事，只要目标正确，就值得你坚持。"

听了他的话，我居然又坚持了下来。最难熬的一段时间过去了，我的体力有了明显的提高，我甚至盼着体能考试。训练有了起色，人们开始对我刮目相看，渐渐地，战友们开始来找我一起吃饭，侃大山。我可以确定，人们开始接受我，我逐渐地融入到了这个集体之中。

我不再落伍，跟上了进度，常和约翰一起跑。我们的最后一次考试是背包长跑——背着沉重的背包在山间疾跑 15 英里，规定的完成时间是 3 个半小时。约翰一直在我前面跑。一路上，我超过了一些中途累趴下了的人。即使看见别人掉队，也无法帮助他。按规定，我们得一直向前跑。不管中途发生了什么事，都得继续跑下去，直到终点。

离终点只有 15 英尺了。"就要成功了！"我说。突然，我看见约翰一个趔趄，栽倒在地。"我得停下来，我得帮帮他。"我对自己说。但是我想起了部队训练的纪律，只好越过他，向终点冲去。

到了终点，我才回过头来，约翰仍然躺在那里。军医跑过来进行急救。我在心里祈祷着："快站起来吧，我的好伙计。"

约翰没能苏醒过来，他死于心脏病突发。

我的悲痛变成了负罪感。我的军靴底子可能是约翰眼里所见的最后一样东西。我自责，我当时为什么不停下来？

约翰的遗体被送回了老家。在培训中心教堂，我们为他举行了追悼仪式。我心潮起伏，要是我当时停下来帮他一把，他是不是就能获救呢？军医说不能。可我仍然不能宽恕自己。

牧师把约翰的军靴——擦得像镜子般闪亮的军靴摆在祭坛上。在它们中间，是约翰的来复枪，一顶绿色的贝雷帽端端正正地摆在来复枪上。部队决定追认他为一名光荣的维和部队士兵。我在心里下定决心，从现在起，只要我活着，我就一定要继续做好认定了的下一件正确的事，像约翰生前常鼓励我的那样。

连长站了起来。我们全体立正，开始点名了。"到！""到！""到！"士兵们一一回应着。然后："约翰•霍尔！"

沉默。

连长停顿了一下,继续点下去："狄克逊•希尔！"

"到！"

点名继续着,直到最后一个名字点完。连长再次问道："西弗吉尼亚的约翰•霍尔中士？"

下面再次一片沉默。

连长的声音有些颤抖,他叫道："最后一次！约翰•霍尔中士！"我笔直地站在那里,极力想忍住悲伤的泪水。我的好朋友去了,我还有力气继续坚持下去吗？

这时,我的眼光落在了放在祭坛上的约翰的军靴上,它们反射的光亮如此耀眼,我的眼睛简直不忍离开这双军靴……

转眼15年过去了,我已经从绿色贝雷帽战士的行列退役。我40岁了,才重新踏进大学校园,成为一名大学生,开始学习一门新的职业技能。每当在学习中遇到了困难,我便会想到我的好战友约翰。

有时,我还会把我的军靴从衣柜里翻找出来。它们已经很旧,不能再穿了,有的地方甚至裂了缝。但是它们在这里,在我面前提醒着我:是的,生活、学习和工作有时是艰难的,但坚强的人总能熬过最困难的时期。他们的法宝就是:认准目标,不断向着自己既定的正确方向走,不要停下来,那样,你就一定会成功。

感恩提示

如果让你在一生中选出对自己成长帮助最大的人是谁的时候,你会选择谁呢？也许,很多的人都会选择自己的父母,因为父母从我们小时候便开始教育我们应如何去懂得这个世界。可是,我们不要忘记,其实父母只能陪自己走过人生的一段路程,而更多的时间是在我们自己的生活中度过的。或者说,我们接触得更多的是自己生活中的一些朋友们,而这些朋友们常常给予自己的成长更多的启示与支持。

文章中约翰就是"我"生活中的一个巨大的精神支柱,是"我"勇敢地战胜困难,坚定地面对生活中每一段挫折与阻碍的力量。可以说,遇上约翰是"我"

人生的一个转折点,是"我"成长中一个真真正正的"老师"。如果没有他对"我"的鼓励与帮助,也许"我"的军营生活会是另一种模样,甚至于人生也是另一种情况。

其实,在平常的生活中,我们有很多这样的朋友,自己的每一份成长都与他们息息相关。正是有了这些朋友平时对我们的引导,以及我们从这些朋友中得到的启示与学习,才让我们更好地认识了这个世界,懂得了生活。 (黄 棋)

就在这时,发生了斯库拉一生中最受感动的事情。猛然间,从斯坦里睁着的眼睛里流出一滴泪水!

生命力的奇迹

◆[美]R·H.斯库拉

有一天,电话铃突然响了,一个噩耗传来,斯库拉的一位工作顾问斯坦里的心脏已经停止跳动22分钟。

22分钟!这是一段什么样的时间啊?他的大脑供氧早已停止。医生尽一切努力为他做人工呼吸,终于获得了成功。但他却陷入了死一般的昏迷状态。当他被移至综合治疗室时,他已经开始能够独立呼吸了。但是除此之外没有任何迹象表明他能恢复神志。

神经外科医生告诉斯坦里的妻子:"他没有希望了。呼吸可能会持续,但是今后他只能是个植物人。他现在还睁着眼睛,但是即使他死的时候,可能还这样睁着眼睛……"

斯库拉接到电话通知后赶往医院,一路上反复地想:"怎么办?我能对他说些什么?他处于昏睡状态,我能说些什么话呢?"

斯库拉想起在神学院的时候,教授曾经这样教导过他:"濒临死亡的人,对一切刺激可能都没有反应。碰到这种情况，你要不断地呼唤他们的生命，千万不要给患者的内心带去消极的念头。"

斯库拉跨入了斯坦里的病房，他的妻子比利正站在床边流泪，原来那么乐观开朗的斯坦里如同雕像一样一动不动，不管怎么看都像一个死人。眼睛仍然大大地睁着，但没有一点儿活着的征兆和反应。

斯库拉握住斯坦里的手，然后凑近他的耳边，轻轻地说起来："斯坦里，我知道你不能说话，我也知道你不会回答我。但是你的内心深处在倾听着我的声音，对吗?我是斯库拉，朋友们都在惦念着你。现在，斯坦里，我有个好消息要告诉你，你受到了严重心脏病的袭击，现在已处于昏睡状态，但是你就要好了，你能活下去。你可能要长期坚持下去，可能痛苦难熬，但是，斯坦里，你会成功的!"

就在这时，发生了斯库拉一生中最受感动的事情。猛然间，从斯坦里睁着的眼睛里流出一滴泪水!他全部理解了!脸上虽没有丝毫微笑，嘴唇连一丝颤动都没有，但是从他眼中确确实实流出一滴泪水来!医生感到震惊，比利也呆住了……

一年之后，斯坦里已经能用语言表达自己的意思了，听别人说话也完全没有问题了，身体的正常机能都恢复了。现在他已经能走，能说，能哭，又充满活力地生活了，这是一个真正的奇迹。

感恩提示

记得英国的威·莫里斯曾说："友情是天堂，没有它就像下地狱;友情是生命，没有它就意味着死亡。"却从来没有想过，原来友情有时候真的可以是生命，能把一个几乎死亡的人从死神的手中抢回来。这篇文章与其说是生命力所创造的奇迹，不如说是友情所创造的奇迹。如果不是斯库拉的不放弃，坚持在斯坦里耳边用友情进行召唤，斯坦里能从死亡线上重新走回来吗?

如果说，世界上什么东西最厉害，我想并不是什么原子弹之类的武器，而是一种精神的力量、一种感情的力量。这种力量常常是在人们精神或情感的作用下产生的，而且这些又是其他任何东西根本无法做到的。友情就是这样的一种情感，它是最能触动人心灵的力量，能让自己的生命变得更为坚强。

不要轻易地放弃生命，因为生命对于自己甚至于每一个关心你的人来说

第二辑 我们的友谊最『瓷实』

064

都是珍贵的；也不要轻易放弃友情，他能给你的生命增添更多的色彩与感动。有时候，只要彼此的友情还在，就能产生让人意想不到的奇迹。　　（黄　棋）

坏的朋友就如同一朵带刺的野草，一不小心你就会为他所伤害；好的朋友就如同一朵美丽的花儿，当你靠近他的时候，他会把醉人的芬芳送给你。

益友增添生命光彩

◆（中国台湾）席慕蓉

　　我觉得朋友是快乐人生中的重要环节，一辈子如能得到几个知心的朋友实在是极大的幸福。人因为年龄和经历可以分成好几个不同的时期，每个时期都可能有不同的益友和损友。如果有一个朋友能陪你一起度过好几个不同的阶段，那更是你的幸运，非常值得珍惜的一份幸运。

　　我就有几个这样的朋友，在十几岁的时候就已认得，在不同的时期里还常能互通讯息。有一次，一个像这样的、快20年没见面的朋友要来看我，虽然我们彼此都知道20年来大家在做些什么，可是到底是20年没见面了。听说他要来，我好早以前就开始兴奋了。那天早上接到他的电话，要我去龙潭的电信局接他，我和先生开车去，心里竟然紧张和害怕起来，我怕他变得太多，变得太老，我就会觉得伤心，可是又知道，20年实在够长，够把一个人变老变丑。一直到车子开到龙潭那个小小的电信局前，我的心还是忐忑不安。当我看到穿着灰色风衣的他走了出来，身旁是他的女伴，他的面容虽然和年轻时不大一样了，可是却很好看，有一种不凡的风采，当他微笑地和我打招呼时，我有一种如释重负的欢欣的感觉。20年的时间让我的朋友变得成熟，变得不凡，我真替他高兴。

　　回家以后，我给他看我的油画素描，然后再向我的先生、他的女伴诉说我们同学时期的种种不可思议的经历。我们的理想、我们的青春、我们的种种可笑又可怜的挣扎，在那两三个钟头里，我们几乎处在一种狂热的状态中。

一直到下午带孩子们去吃冰淇淋，坐在咖啡座上我才觉得累了，一句话也不想再多讲，我告诉朋友："我好累，已经不想说话，我已经说够了。"

我的先生和朋友都很高兴地看着我。他们叫的咖啡很香，孩子们兴高采烈地吃着冰淇淋，屋子里有一种黄昏时细致的温暖的光泽，我非常满足，就再没有说一句话，直到和他们挥手再见，那种安宁、满足的情绪一直充满我心。

直到今天，每次想起那一场会面，我心里的满足感仍会回来。以后我们也断断续续见过两三次面，但不知道是时间不对还是地点不对，总不能再造成第一次的那种气氛。也许因为我有过第一次的经验，对以后几次的会晤有较高的期望，因此总觉得失望，心里有点儿懊恼。

感恩提示

我们生活在社会之中，就难免与众人交往，难免与许多陌生的人交上朋友。正因为这样，所以一个人常常会有很多的朋友，但并不是每一个朋友对我们的作用都会是一样的。像文章中所写："每个时期都可能有不同的益友和损友。"人有好人坏人，朋友也有好有坏。坏的朋友就如同一朵带刺的野草，一不小心你就会为他所伤害；好的朋友就如同一朵美丽的花儿，当你靠近他的时候，他会把醉人的芬芳送给你。

古语说："良禽择木而栖，贤臣择主而侍。"连鸟儿都知道应选择自己生存的环境，人在交朋友时不是也应有所选择吗？朋友是一生的事，许多时候一些人一些事对我们的影响是一辈子的，在对待朋友的时候，我们就需要慎重考虑什么样的人对自己有害，什么样的朋友又对自己有益。这种利害得失并不是指你能从他的身上得到多少，或者他能为你付出多少，而是指以品格和道德、以感情的真挚和患难与共作为标准的。他能引导你分辨这个世界的对错是非，对你的每一份帮助都是如此的热心和无私，以至于在你们的记忆之中更多的是一种感动。这样的朋友就可以称之为益友，一生之中能拥有一个甚至几个这样的知己朋友，对于你不啻是一种幸运，因为他的存在，你的生命中多了许多的快乐与光彩。

(黄 棋)

"这封信不是爱德写给我的，"他解释说，"我叫汤姆。这封信是在我得知他的死讯前写的。我没能发出去……我想我该早点儿写才对。"

致友人书

◆[美]福斯特·德克勒　杨振同/译

他肯定是全神贯注于他在阅读的东西之中了，因为我不得不急迫地敲打汽车的窗玻璃，才引起了他的注意。"您的车可以用吗？"当他终于看我时，我问。他点点头，我坐进了汽车的后座，他抱歉地说："对不起，我刚才在看一封信。"他说话的声音像得了感冒。

"家书总是很重要啊。"我说。他年纪有 60 岁或 65 岁的样子，我猜测道："是您的孩子……您的孙子寄来的吧？"

"这不是家书，"他答道，"尽管也很像家书。爱德是我的老朋友了。实际上，我们过去一直叫'老朋友'来着——我是说，我们见面的时候。我写信写得不怎么好。"

"我觉得我们谁也没能很好地保持通信联系。"我说，"我想他准是您的老相识了？"

"实际上是一辈子的朋友了。我们上学时一直同班。"

"保持这么长时间友谊的人可不多哟。"我说。

"实际上，"司机接着说，"在过去的 25 年中我每年只见他一两次，因为我搬走之后，就差不多与他失去联系了。他曾是个了不起的家伙。"

"我注意到您说'曾是'。您意思是说……"

他点点头："几个星期以前，他过世了。"

"对不起，"我说，"失去老朋友太叫人难过了。"

他没有答话。我们默默地行驶了几分钟。当他再开口说话时，他几乎是自言自语而不像是跟我说："我本应该跟他保持联系才对。"

"嗯。"我表示同意，"我们都应该和老朋友保持比现在更密切的联系。不过不知怎么的我们总好像找不到时间。"

他耸耸肩，"我们过去找得到时间的，"他说，"这一点在信中都提到了。"他把信递给我，"看看吧。"

"谢谢，"我说，"但是我不想看您的信件，这可是个人隐私啊……""老爱德死了。现在没有什么个人隐私了。"他说，"看吧。"

信是用铅笔写的，开头的称呼是"老朋友"。信的第一句话是：我一直打算给你写信来着，可总是一再拖延。他接下去说，他常常回想起他们共同度过的美好时光。信中提到这位司机终生难忘的事情——青少年时期调皮捣蛋的描述和昔日美好时光的追忆。

"您和他在一个地方工作过？"我问。

"没有。不过我们打单身的时候就住在一块儿。以后我们结了婚，有一段时间我们还不断来往。但很长时间我们主要只是寄圣诞卡片。当然，圣诞卡上总会加上些寒暄语——像孩子们在做什么事儿似的，但从来没写过一封正儿八经的信。"

"这儿……这一段写得不错。"我说。

"上面说，这些年来你的友谊对于我意味深远，远于我的言辞所能表达的，因为我不大会说那种话。"我不自觉地点头表示赞同。

"这肯定会使您感觉好受些，不是吗？"

司机说了句我摸不着头脑的话。我接着说："我知道，我很想收到我的老朋友寄来的那样的信。"

我们快到目的地了，于是我跳到最后一段：我想你会知道我在思念着你。结尾的落款是：你的老朋友，汤姆。

我们在我下榻的旅馆停下车，我把信递还给他。"非常高兴和您交谈。"把手提箱提出汽车时，我说。

"我以为您朋友的名字是爱德，"我说，"他为什么在落款处写的却是'汤姆'呢？"

"这封信不是爱德写给我的,"他解释说,"我叫汤姆。这封信是在我得知他的死讯前写的。我没能发出去……我想我该早点儿写才对。"

到了旅馆,我没有立刻打开行李。首先我得写封信——发出去。

感恩提示

一封简单的朋友间的书信,却包含了多少平常的往事与多少的深厚感情。对于汤姆来说,虽然自己的朋友爱德已经离去,可是那段他们曾经一起走过的记忆,那份纯真的友情却一直存在于他的心中,与他的生命共存。

人的一生似乎很短暂,短暂得许多东西还来不及珍惜便已经失去。我们并不能奢望世上没有分离,奢望世上有永恒不变的东西,所以我们只能在许多东西还能触及的时候把它握得更紧,让这些东西真实而且深切地存在于自己的生命中。不需要刻意地记住,因为它会一直在这里,在你的心里。每一份感动,每一份感觉就如同身上的每一滴血液,会在你的血脉中慢慢地流动,一次次冲击着你心灵的最深处,给你那份最熟悉而又真切的感觉。

好好珍惜身边的朋友,有时间就多陪陪他们,让你们一起走过的路程中有着更多美丽的回忆。沈从文曾经说过:"人的生命会忽然泯灭,而纯挚无私的友情却永远坚固存在。"生命是无常而且易逝的,但感情是坚固和永久的,我们无法把握自己生命的长短,但能让她在友谊的天堂中开出美丽的花儿。

(黄　棋)

> 过去我爱马尔克姆，现在我仍然爱他。生活绝不会一帆风顺，伤痕不能改变人的品德。

患 难 朋 友

◆[美]菲力浦·扬西

1971年10月1日，炎热的夏天刚刚结束，一对年轻英俊的加拿大人来到哥伦比亚的格兰西尔国家公园，打算一起攀登6700英尺高的巴鲁·帕斯山，在这里度过甜蜜愉快的假日。男的叫马尔克姆·艾斯皮斯莱特，19岁；女的叫拜波·贝克，18岁。他们一路顺利爬上顶峰，不料老天阴差阳错，突然下了一场雪，把两人困在山上。没办法，只好躲进小窝棚里过了一夜。

第二天上午9点多钟，雪停了，这对年轻人立即开始野游。拜波脚上穿着时髦的高筒靴，踩在融雪结成的冰面上不住地闪着趔趄。

山上有条小道3英里长，顺着小溪蜿蜒伸向山下，一小时后，两人沿着小路来到山腰，在此停住脚步，靠着被山风吹积而成的雪墙休息了一会儿。

太阳出来了，照在身上暖洋洋的，他们只穿着汗衫，把脱下的外衣系在腰上。不远处有条瀑布，携着融化的冰雪，哗哗啦啦地唱着跳着顺着山势飞流直下。两人跑到水边，撩着凉森森的清水打了一阵水仗，而后双双重登旅途，马尔克姆在前领路。

沿着小路走了100多米的马尔克姆猛地刹住脚步，右方20米处，两头小熊正在山塘旁边嬉戏玩耍。他们昨天从望远镜里看见过一头母熊带着两头小熊，不过隔着很远，当时只觉着有趣，并不怎么害怕。可是现在说不定就有一头母熊，弄不好就是昨天见过的那头大狗熊，隐蔽在山梁后面的那片桤树林里呢。

马尔克姆一动不动地站着，心里暗暗盘算该怎样应付眼前的情况。如果不惊动它们，也许能溜之大吉。他刚要抬脚迈出第一步，一头母熊呼地从山梁那面扑过来，同时发出刺耳的尖叫和咆哮。灰白色的皮毛在阳光照耀下油光闪亮，脊背上耸起一坨特有的肉峰。拜波知道是碰上了狗熊，别的野兽像这么大的个头没有能跑这么快的。拜波正想到这里，马尔克姆以闪电般的动作一把将她摁倒在一道雪墙之下。

扑上来的狗熊张开了血盆大口，喷吐着膻腥的唾沫，发出阵阵短促的咆哮。眼看就要扑上来了，在这千钧一发之际，他学着鸭子扎猛，向下一蹲，躲过了狗熊的冲撞，但是却挨了重重的一击。

他昏了过去。一会儿醒来抬头一看，发现自己已经被抛出 10 英尺以外的地方。狗熊攥上了拜波，正站在她的腿上要撕咬她的脖子，拜波趴在雪地里一动不动。马尔克姆本能地从腰里拔出猎刀，大喝一声，毫不犹豫地冲上去——时间已经不允许他再有丝毫犹豫。狗熊直立起来有 7 英尺高，比他重 600 多磅。他跳到狗熊后背上，狗熊纹丝不动。

马尔克姆听到狗熊牙齿发出咔咔的声响，他怒不可遏，用尽全身力气，狠狠地把猎刀捅进狗熊的脖子；又蹬住狗熊肥厚的脊梁向上爬了爬，攥紧刀柄，使劲一豁，"噗"，烫人的鲜血喷浆出来，狗熊发出震耳欲聋的嚎叫，朝后猛一摆头，匕首脱手飞出，刺伤了马尔克姆的手腕。

这时，狂暴至极的狗熊全力对付马尔克姆，它伸出两只巨大的熊掌，把他死死抱住，血的腥气和熊身上的膻臊熏得他直想呕吐。两只大熊掌凶狠地拍打他的身体。第一掌就像摘假发套似的撕去了他的头发，连头皮也活脱脱全都扒得一干二净。

继而狗熊又抱住他，一块朝山下滚去，一直滚到沟底。狗熊露出钉耙似的牙齿一次次地啃他的脸，弯下腰撕嚼他的脖子和肩膀。马尔克姆用拳头有气无力地捶打狗熊鼻子，然而无济于事。

事情到了这步田地，马尔克姆也就闭上了眼睛，不再挣扎。他心想：完了，全完了。说来让人难以置信，狗熊见他不动弹，忽然大发慈悲，嘴下留情，拍拍他，抓起泥土和枯枝盖在他身上，摇摇晃晃地走开了。

马尔克姆起初不敢相信自己还活着。他的身子一半在水里一半在岸上，除了手腕痛得揪心，别的地方倒没觉着怎么样。他慢慢地挣扎出水塘，用微弱的声音喊着："拜波，你不要紧吧？"

拜波害怕狗熊还在附近,没敢回答。她爬到沟边,先看见一团鲜血淋漓的头发,之后又发现了马尔克姆。他的脸部血肉模糊难以辨认,右边的脸皮整个朝后掀过去,肌肉全部裸露在外,一只眼球吊在眼眶外面。她大喊一声:"马尔克姆,坚持住,我去找人!"说完把外衣扔给他,拔脚朝山下的旅馆跑去。

马尔克姆静静地躺了一会儿,他很想查看一下身上的伤势:手腕已经不能动弹,肯定是断了;一只膝盖脱臼;用舌头舔舔,嘴里靠前的牙齿全都没有了。一只眼睛还勉强能看见东西,但是却不敢看,因为他看见自己的脸皮软软地垂耷下来。他希望这场生死搏斗根本不曾发生,仅仅是一场噩梦。

马尔克姆倚着一截树桩坐了一个半小时,救护人员赶到出事现场,马尔克姆精神仍很镇静地说:"我很好,就是肚子有点儿饿。"他的好友高迪赶来后不禁倒吸一口冷气,一个毫无血色的白生生的头骷髅赫然映入他的眼帘。急救站的医生迅速用纱布包好他的头部和腿上被狗熊咬烂的地方,用无线电招来直升机,把他送到利佛尔斯托克的维多利亚女王医院。手术进行了 7 个小时,医生们在他身上缝了一千多针。"给他修脸简直就是玩拼板游戏。"一个医生事后这样说。

后来,马尔克姆转到家乡艾德蒙顿的一家医院里。头几个星期处在绝对镇静状态之中,几乎丧失了记忆力,身上共植皮 41 处。

顽强的生命终于开始复苏,医生保证他将安然无恙。圣诞节前的一天,护士为他换纱布,他乘护士暂时走开的时候艰难地挪到浴室的镜子前面,刚刚向镜子里瞥了一眼就几乎晕过去了:医生用胳膊上的肌肉为他安上了假鼻子,又把腿上的皮贴在脸上;没有头发,满脸疮疤。他一连几个星期拒不见人,拜波的来信积成了堆,他也不再理睬。

但是拜波并不气馁,她一直按时给马尔克姆写信。

圣诞节之后,拜波千里迢迢赶到了医院,马尔克姆内心受到了不小的震动。两人隔着纱布推心置腹地做了长谈。马尔克姆很固执,可是拜波比他更"拗"。马尔克姆心想,也许她真爱我。

1 月,一封催婚的情书飞来,驱散了他心中的阴云。2 月,在这次不幸事件五个月后,一个步履蹒跚,体质孱弱,一脸疤痕的人在福特·兰格利火车站下了火车,一位姑娘笑容满面地急步迎上去,几天之后,一对年轻人来到珠宝店,男的为女的买了一枚结婚戒指,姑娘悲喜交集,完全被爱情陶醉了。1973 年 7 月

21日,两人举行了婚礼。

马尔克姆舍己救人的事迹不胫而走,很快传遍了加拿大和欧洲。伦敦皇家人文协会授予他斯坦霍普金质奖章,加拿大政府也授予他勋章,并由政府出钱,请这对年轻人赴渥太华,在首都度蜜月。隆重的婚礼上,前来进行国事访问的英国女王亲手把这枚勋章授给马尔克姆。哥伦比亚卫生部还筹集了一些钱赠给他作医疗费用。

今天,夫妻两人居住在雪雷,马尔克姆开饮食店,拜波做行政工作。他们相敬如宾,美满和睦。

有人经常问拜波,她嫁给马尔克姆是否迫于道义的压力,她回答说:"过去我爱马尔克姆,现在我仍然爱他。生活绝不会一帆风顺,伤痕不能改变人的品德。"

感恩提示

在人的一生中,总有许多预料不到的事情,也许这一刻还是高枕无忧,却没法知道下一刻我们会有什么事发生在自己的身上。在困难到来的时候,有些人会离你远去,因为任何生命都有一种远离危险的本能;也有一些人会对你不离不弃,与你一起去面对、一起去承受。这些人之中,可能有些是你的亲人,也可能是你的朋友,能与你一起接受危险的朋友就是一种患难之交,他们是你生命中最忠实的守护者。

马尔克姆与拜波就是一对患难与共、并最终走在一起的朋友。在面对狗熊的攻击时,他们谁也没想过扔下对方不管,在马尔克姆因受到攻击而毁容时,拜波也从没有嫌弃过他,而是一直陪在他的身边,并且与他结成了夫妻。这就是患难后所显现出来的真情,也是他们品格的体现。如果没有这次危险的经历,他们又怎么会有更深的理解和感情呢?如果不是患难之中,他们两颗美丽的心灵又怎么会碰撞出那样灿烂的火花,感动了每一个世人呢?

有时候,人们的真情就如同石头里面的金子,只有经历过患难中烈火的煅烧才能显现在别人的眼前,才能显现在每一个人的心里。   (黄　棋)

朋友之间就是如此，平平淡淡，真真实实，很琐碎，也很容易让人感动。

朋 友 之 间

◆卢振海

这天下班后，我因事到朋友家里小坐。临走的时候朋友忽然想起什么似的，对我说："你等等你等等，有好东西给你。"转身从房间里拿出一条香烟塞到我怀里："拿回去抽。"我一看，是好烟，便问他："冒牌货？"朋友笑着说："你怎么会这样想？"我照直说："否则你干吗无端地送我这么好的烟？"朋友说："我下决心戒烟了。这是戒烟前买下的，做个顺水人情吧。"我这才明白过来，边从裤兜里掏钱边说："戒了好戒了好，这烟算是转让给我吧。"朋友一把按住我伸往裤兜里的手："我这是送给你，不是找买主。你可以拒收，却不可以付钱，明白了吗？"我知道朋友历来是说一不二，便说："好好好，我收下，我收下。"朋友这才把按在我裤兜的手收了回去。

回到家里刚坐下，我便将朋友送的烟拆了封，从中取出一包，拈了一支横放在鼻子跟前闻了一下——好烟，果然是好烟！接下去我还不急于点火，而是拿着烟盒仔细欣赏。突然，我发现烟盒里面分明夹带着什么东西，把锡纸包装撕开一看，是一张印制精美的硬质小卡片，上面印着"祝君中奖——请凭此卡片到当地任一家烟草专卖店领取现金300元"的字样，我起先还不大相信，反复看了几遍后，还给烟草专卖店打了个电话询问了一下。得到证实后我赶紧出门，骑上我的摩托车飞也似的往朋友家里赶——这300元不属于我，我要把中奖卡片还给朋友。

朋友有个饭局出去了，我便把中奖卡片交给了他妻子，并把情况对她说明了。朋友的妻子说："谢谢你，我丈夫能交上你这样的好朋友，真有福分！"

晚上10点多钟，我正在客厅里看电视，门铃"叮当"地响了。谁呢？这么晚了。打开门一看，竟是送烟给我的朋友。他进来还顾不上坐下，便从口袋里把那张中奖卡片摸出来递到我面前，说："拿着，这可是属于你的。"我说："这怎么属于我的呢？就连那条香烟也是属于你的呀！"朋友说："不错，香烟和300元本来是属于我的，可我已经送给你了。送给你以后，自然就全属于你的了！"我还是推挡着不肯接。朋友便一把将它插到我的睡衣口袋里，又说："我这是还你，不是送你。你可以扔掉，却不可以拒收，明白了吗？"说完便转身走了。

感恩提示

这篇文章写了发生在朋友之间两件细小的事情，一件是朋友送我香烟，另一件是我在香烟中发现中奖的卡片。虽然这只是两件很平常细小的事情，但他们之间的那份无私的真情与友谊却在其中得到了充分的显现。

朋友之间就是如此，平平淡淡，真真实实，很琐碎，也很容易让人感动。在你失落的时候，朋友给你鼓励，这是一种朋友的爱意；在你无助的时候，朋友给你帮助，这是朋友的义气；在面对名利的时候，朋友对你利益的维护，这是朋友的无私真情。人的一生，除了父母，似乎无时无刻不在朋友的呵护中得到成长。他们对我们的每一份付出都是如此的不经意，每一份爱意总是蕴涵在许多的小事中，小得引不起我们任何的注意，但却会在我们的记忆中留下最美的痕迹。就好像天空中从来没记下飞鸟的痕迹，但它们的的确确已经飞过。

朋友之间有时候并不需要你刻意去做什么，只要你能在平平常常的事情中好好珍惜你们之间的每一份感情，珍惜每一段与他们一起的日子就是你们之间最深最真的表达方式了。

（黄　棋）

约翰的脸泛起一阵红晕。爱丽丝明白了，为什么约翰在律师事务所业务繁忙以后，还总是穿着一身破旧的衣服。

好心的律师

◆[美]巴彻沃尔德

她99岁，这是个糟糕的年纪。加州山谷小镇的人都称她为"曾奶奶"。她像是一棵历经风雨的老树，形容已枯槁，但依然坚毅地活着。

约翰50多岁，曾是这个小镇最优秀的律师之一，但在他独生儿子打猎意外丧生之后，约翰对人生就意兴索然，整日沉湎于酒中，无精打采，业务也差不多荒废了。

曾奶奶80多岁的时候，开始足不出户，她知道自己已染上老年人怀念往昔的习惯，于是曾奶奶决定把自己一生的色彩都写下来。她每天写一点儿，草稿谁都不让看，家里人也开始对她那台破打字机的声音习以为常。曾奶奶几近耳聋眼瞎，但心中充满勇气。

曾奶奶99岁时，有一天她的曾孙女爱丽丝生病住院了，爱丽丝的两个小女儿被送到朋友家去住。她们是曾奶奶在世上仅有的三位亲人，但曾奶奶不肯离家去与任何人住在一起，她不愿成为别人的负担。

一天早晨，邻居发现她虚弱地站在他的车库旁。她问，可否搭他的车到市中心去。邻居拒绝了她，当然不行！她已有15年都不曾去过大街，这一趟劳累她哪吃得消？"我还没那么老，"她气愤地说，"如果你不肯带，我就走着去！"

邻居只好开车把她送到约翰的事务所。屋里破旧，人更是潦倒不堪，但曾奶奶的眼睛是看不见的。她带着自己昔日特有的热情对他微笑着说："约翰，我不多耽误你的时间，我知道有许多当事人还在等着，我只托你办一件事。"

曾奶奶在购物袋里摸索了一阵，掏出厚厚的一沓纸："我写了一部书，约翰，你想会有什么人愿意出版吗？"

约翰从她颤抖的手中接过稿子，他翻阅那部原稿，许多过往风云人物的名字特别显眼，最后他抬起头来："稿子很好，曾奶奶。"他发现她听不到他所说的话，于是又对着她的耳朵大声喊道："这部稿子好极了，我想想办法。"

约翰开车把她送回了家。10天之后，他高兴地告诉她说，有位出版商已把那部稿子读了，认为写得十分精彩，所以先付了100元做定金，以后还有预支款要送来。那一天是曾奶奶非常得意的日子，她马上把两个小女孩接回家，又雇了一个保姆。

约翰每月给曾奶奶送100元来，还有出版商的来信，告诉她那本书的出版进展，曾奶奶的成功也使约翰振作起来。他又怀着从前的那种热情投身于自己的工作，镇里的人又纷纷托他办案了。

又过了些日子，爱丽丝从医院回家休养。这时已百岁高龄而且双眼全盲的曾奶奶就靠着出版商每月预付的100元养她一家四口人。全城都把这件事传为美谈。

曾奶奶百岁生日的第三个月，一个早晨她没有起床。医生告诉她，她的生命只能再延续几天。她已准备好离开这世界，但是她要看到那部书出版才能闭眼。

"你一定看得到！"约翰向她保证，他告诉她，出版社正在赶印那部书。

曾奶奶全凭意志维系着她那游丝般的残生，在约翰把那部印好的书给她送来的那一天，她的神志已经不清醒了。那是一部很大很厚的书，封面上的书名和她的名字都是凹字烫金的。她虽然看不见那部书，却可以用手摸，她骄傲地用手指摸着自己的名字，热泪盈眶。"我到底不是个累赘。"她低声说，然后她逐渐进入昏迷状态，两小时后她静静地去了，手中握着那部宝贵的书。

片刻之后，爱丽丝翻起了那本书，不禁惊愕地抬起头来，望着约翰："怎么，这本书每页都是白纸？"她大喊。

"我希望你能原谅我。"约翰说，"根本就没有什么书。曾奶奶的眼睛看不见，打字机在行末发出的铃声也听不见。她总是一个劲地打下去，每行的末尾都是许多重叠的墨迹，整句整段漏了，她也不知道。我不能告诉她，我不能打碎她唯一的希望。"

"可是那位书商呢？"爱丽丝不解，"书商每月付钱给她呀！"

约翰的脸泛起一阵红晕。爱丽丝明白了,为什么约翰在律师事务所业务繁忙以后,还总是穿着一身破旧的衣服。

感恩提示

别人总说,这个世上最伟大、最无私的是亲人的爱,其实与亲人的爱同样伟大、同样无私的还有朋友的爱,而且这种友人的爱因为少了一份血浓于水的深情而更为感人。他们为你所做的一切都只是出于一种心底的真诚和对你的关爱,并不是为了可以从你这里得到多少,或者说根本没有想过自己会失去多少。

对于曾奶奶来说,约翰就是她这样的一个无私的朋友。作为一名与曾奶奶关系不大的人,约翰没有供养她的义务;作为一名律师,他可以让生活过得更好些,没责任把自己的钱送给曾奶奶。可是,他却这样做了。不为什么,也许只是因为他拥有一颗仁爱、善良的心灵。约翰算不上曾奶奶的朋友,却像朋友一样帮助她,像朋友那样为她付出真情与爱心。

我们生活在一个众人的世界,如果自己的每一份关爱都带有利益之心,带有目的性,那样我们会发现生活是件很累人的事情,也永远收获不了感动。只有带着一颗博爱的心,以真诚去对待朋友、对待身边的每一个人,那样你才会懂得,其实自己的生命有许多闪亮的地方,什么才是生命真正的价值。

（黄　棋）

死神与友情并没有多大的关系，但友情如果经历了死亡与困境的考验，这份情感益显珍贵与真挚。

当死神撞击友情

◆东 萍

2002年初春，暖洋洋的阳光映衬着湛蓝的天空，沁人的海风拂过脸颊，这是一个钓鱼的绝好天气。尼克·帕莱特向62岁的老朋友彼得·多保问道："还没抓到什么鱼？"长满络腮胡子的多保冲他的年轻搭档笑笑，得意地甩上一条鲭鱼作为回答。尽管比他的老伙计小20岁，帕莱特和多保已成了忘年交。最近发生的一些悲剧使两人友情愈加深厚。年初，与他们俩都颇有交情的一位朋友在飞机失事中罹难；随后不久，多保的妻子在与癌症抗争了4年之后撒手人寰，尽管多保的两个儿子对父亲关怀得无微不至，帕莱特还是感受到了这位老人心中的苦痛。帕莱特在心中默默地祈祷着，希望此刻的好天气能使自己的老朋友心情渐渐好起来。

多保说："我去岛顶看看情况怎么样。"于是，他拖着渔具向小岛的高处走去，从那儿他能看见海面的整体情况，但他的鞋子被一块突出的岩石钩住。他一使劲儿，竟跟跟跄跄地栽落下来。也就在这时，帕莱特听到身后传来一声尖叫，他没来得及转头弄清发生了什么，就感觉肩膀被撞了一下，人随之被推到了一边。是多保在坠落的瞬间把帕莱特推到了一边以免朋友被自己牵连。帕莱特惊恐地目睹着这一切：多保的身体先是摔到了陡峭的岩石上，随后是沉闷而又惊心的撞击声，是多保的头撞在了一块石头上。最后多保从200英尺高的崖顶坠入了汹涌的大海！

"彼得！"看着多保像木头一样漂浮在海面上，帕莱特疯狂地叫喊着。一瞬间，无数念头交集在这个年轻人的脑中：他还活着吗，我该做些什么？我要冒险跳下去吗？友情很快战胜了恐惧与犹豫。帕莱特后退两步，纵身跃入了波涛翻滚的大海。帕莱特扑打着海浪，拼命地游到多保身边。此时，多保的头部已严重受伤，头盖骨已经露了出来，殷红的鲜血正从嘴角渗出，他的眼睛也因受伤而几乎睁不开了。"彼得！"帕莱特不停地呼喊着，试图使他苏醒过来，"坚持住，彼得，我们马上离开这儿！"帕莱特用右手紧紧抓住多保的衣领，然后左手划动，拼命地游向小岛的方向。

他知道他们没有多少时间，14 年的海上经历使他谙熟大海的各种情况。尽管他们目前的体温还是正常的，但由于没有防水衣、帽子、手套、鞋和救生设备，不用 10 分钟他们的体温就会降低，随后，他的力气将会耗尽，多保和他就会溺水或撞礁而死。两个人在海浪中时沉时浮，就像处在失控的电梯当中。帕莱特抓住下一个海浪冲过来的时机试图在光秃秃的岩石上找到一个凸起的地方，结果他失败了，海水又把他们卷回大海。当海浪又一次将他们推向高处，帕莱特设法抓住了岩石。当海水退去的时候，他们两个人成功地留在了一块岩石上。"我们成功了！"帕莱特兴奋地喊道。不幸的是，刚过了一小会儿，海水又涌了上来，直到没过他们的头顶。这次他再也抓不住了，他们又从岩石上滚了下来。帕莱特的左胳膊拼命地划水，尽量接近岩石，他抓着多保衣领的右胳膊已经开始酸痛，渐渐失去知觉。他们在海水中至少已经停留了 5 分钟，撑不了更长的时间了。

帕莱特从来没有觉得如此的孤单，如此的绝望。他的妻子知道他们钓鱼的地方，但还要很久她才会意识到情况不妙而去报警。200 英尺高的崖顶上也许会有行人走过，但只有站在多保摔落的那块岩石上才可以看见他们。他感觉死神正向他们步步紧逼。难道要扔掉挚友，独自逃生？"不，绝对不行！多保的妻子刚刚去世两个月，他们的孩子绝对不能再失去父亲了！我也绝对不能失去多保！"帕莱特打定主意，要与多保共存亡。潮水又一次涌来，将他们冲向小岛。帕莱特再一次成功地抓住了一块岩石。帕莱特努力平复着自己紧张、绝望的心情，苦苦思索着求生的办法。他记起来海浪是有一定规律可循的：大概 7 个中等规模的海浪过后，会有 3 个较大的海浪伴随而来。他必须在岩石上找到很好的落脚点，否则，过不了多久，他们就会被较大的海浪吞下去。帕莱特向远处的大海眺望,他看到了巨大的海浪。难道我们生命的最后时刻已经来临了吗?

　　巨大的海浪呼啸而来,把他们推向更高处。帕莱特借机拼命抓住岩石中一条细的裂缝,他把左手伸进去,然后握紧拳头来支撑。现在他仅凭一只胳膊支撑着两个人的体重,而且湿透的衣服变得越来越重。帕莱特的脚不停地搜寻,终于找到了一个支点。又一个海浪打过来,狠狠地冲击着他们。这一次他抓得很牢固,没有被卷下去。但帕莱特的力气已经快要耗尽。"彼得,你要帮助我,"他喊道,"我一个人撑不下去了,我的胳膊失去知觉。"帕莱特希望多保的腿能帮上忙,他用脚搜寻着其他的落脚点。"在那儿!"他兴奋地喊道,"那儿有一个洞,你正好可以把左脚放进去。"苏醒过来的多保努力地把脚向上挪了几英寸,在帕莱特的帮助下把脚放到了那个洞中。由于多了个支撑点,帕莱特的右胳膊得到了舒缓。他看了一眼多保血肉模糊的脸,意识到他的朋友几乎看不到东西,于是告诉他:"彼得,你只要把重心放到那只脚上就可以了。"休息片刻,帕莱特拖着多保艰难前进,在他们一点一点的前进过程中,可以支撑的地方越来越多,岩石也变得越来越粗糙。然而帕莱特仍然感到恐惧,因为他们随时都有可能被巨大的海浪重新卷回海中。他的手一直紧紧抓着多保的衣领,生怕不小心失手丢掉朋友的性命而前功尽弃。

　　当帕莱特拖着多保回到岸边时,他感觉似乎经历了一个世纪的漫长时间,想起刚才在汹涌的海浪中与死神搏斗的情景,仍心有余悸。多保看起来情况更严重了,在鲜血的映衬下,他的脸苍白如纸。帕莱特把他前额绽开的皮肤轻轻地抚平,遮住露出的头骨。他用多保来时戴的那顶帽子轻轻地盖住鲜血不断涌出的伤口,然后把他的身体舒展开,使他舒服一点儿。"彼得,不要把帽子拿开。我必须去寻求援助,你一定不要乱动。"帕莱特不想离开多保,现在多保处于半昏迷状态,有可能再掉进海里,但是帕莱特没有选择的余地。他开始攀登陡峭的悬崖,这200英尺高的悬崖是对他生命极限的又一次挑战,稍不留神,他就将坠入大海,丢掉性命。锋利的礁石磨得他的手臂、大腿伤痕累累,不断溢出的鲜血染红了礁石。帕莱特忍住伤痛,努力登攀,心中牵挂的只有朋友的安危。

　　地方银行职员黛比·库珀的房子就建在崖顶。帕莱特磕磕碰碰地走进房间后就瘫倒在地上。"我需要一辆救护车,"浑身是血的帕莱特低声说道,"不是为了我,是为了我的朋友。"半小时后,多保被成功地救回悬崖顶部。在救护车里,帕莱特躺在多保的身边,尽管寒冷、疼痛及乏力的感觉一齐袭来,他还是抑制不住心中的喜悦，因为他们之间的深厚友情终于战胜了死神。

　　一年之后，彼得·多保的身体完全康复了，但尼克·帕莱特的胳膊和腿严重受伤，留下终生残疾。鉴于帕莱特在抢救朋友的过程中勇敢、无私的表现，2003年3月英国政府授予他"勇敢"勋章。

感恩提示

　　人的情感是个奇怪的东西，许多的事情也许在现实的面前总会觉得很难或者根本不可能做到，可是当你心中拥有一份对别人的爱和对自己的爱的时候，你会发现，其实伟大的情感常常会创造出一些让你惊叹的奇迹。

　　尼克·帕莱特与彼得·多保之间的故事深深地感动了他们自己，也同样感动了我们。当友情面对死神的冲击时，两个人依然能如此紧握彼此的双手，共同面对死神的责难，这是何等的勇气和何等深切的感情啊！亲人能给我们安全感，是因为在大家的身上都流着相同的血液；而朋友能给自己安全感，则是来自彼此共同跳动的心。无论什么时候，无论遇到什么危险，亲人总会陪伴在我们身边，其实一个真正的朋友也会如此。

　　死神与友情并没有多大的关系，但友情如果经历了死亡与困境的考验，这份情感益显珍贵与真挚。没有人愿意面对死亡，更没有人想接近死亡，但如果是为了拯救自己的朋友，我们愿意用友谊之剑与死神进行最英勇的斗争，伤痕与血只能让我们彼此的双手握得更坚定。无论结果是胜是败，我们都无悔无怨。

（黄　棋）

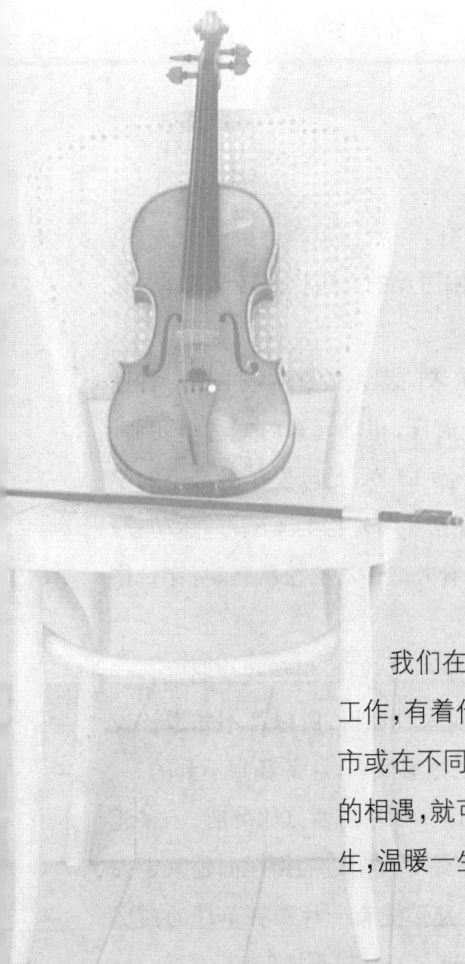

给我温暖的陌生人

我们在此之前也许不知道他是谁,来自何方,做什么样的工作,有着什么样的生活。我们之间只是陌生人,在同一个城市或在不同的城市生活。但一次偶然的擦肩而过,一次不经意的相遇,就可能是确定一生的知己的契机,足以让我们铭记一生,温暖一生。

最大的敌人,最好的朋友

◆庞启帆 / 编译

我又一次转到了一所新学校。班里有个叫帕丽丝的女孩也是转学来的。这是我们俩仅有的相似之处。

我个子高挑,帕丽丝则身材娇小。我一头浓浓的黑发最近刚被剪成一种蓬松的发型。而帕丽丝那一头天生的金发却长及腰际,甩动起来时好看得要命。我15岁,是班里年龄最大的学生之一。她还不满13岁,是班里年龄最小的学生之一。我笨拙而天生害羞,她却不这样。我经常穿着宽松的工装裤,运动衫,脚上是一双灰绿色的远足靴。帕丽丝则脚登镶着人造钻石的松糕鞋,身穿价格不菲的由设计师设计的牛仔裤……

我无法容忍她。我把她看做是我的敌人。她却喜欢我,想和我交朋友。

一天,她邀请我去她家玩。我答应了——我太过惊讶,所以都不知道该说些什么了。我从来没向她示过好,她竟邀请我去她家做客,这是我想不到的。

她家处在这个城市里的一个热闹有趣的街区。那里有两家比萨店、一家通宵书店、一个电影院和一个公园。当我们从校车站穿过附近的街区向她家走去的时候,我试图想猜出哪幢房子会是她家的。是那幢有一片漂亮草坪的白房子?还是那幢前廊上蹲着一只皮毛光滑的金毛猎犬的三层小楼?

当她把我带进了一幢充斥着油煎食品、化学清洁剂和熏香味道的公寓楼时,我不禁大吃一惊。她和母亲、继父、两个弟弟以及妹妹一起住在四楼的一个两居室中。

在我们走进她和妹妹合住的那个房间后,她拿出了一个装着许多芭比娃娃的大盒子——这是第二件令我吃惊的事。我本来以为她已经长大了,到了不会再玩芭比娃娃的年龄。我就从来不玩这些东西。但是,我们一起坐在一个大壁橱旁的地板上,给这些娃娃们编起了一个个古怪的故事,不时乐得哈哈大笑。也就是在那个时候,我们发现:我们都想长大后当作家,都有着超凡的想象力。

那天下午,我们过得非常开心。因为笑得太多,我们的下巴都酸了。她向我展示了她的衣柜,那里面的衣服大都来自下街区那家时装设计店。时装店的女老板在报纸上登广告,有时会请帕丽丝来当模特,报酬就是衣服。

街坊们都喜欢帕丽丝。书店老板借给她时尚杂志,电影院免费送她电影票,比萨饼店让她免费品尝比萨饼。不久之后,我也被带入了她的奇妙世界。我们到彼此的家里去过夜;一起度过每一个空闲的时刻。在那些开心的日子里,我的黑头发长长了,我学会了欣赏自己的高个子。

帕丽丝,我儿时第一个真正的朋友,给我的青涩岁月增添了许多亮丽的色彩,并且在交友这件事上,教我懂得了一件奇妙而令人惊异的事情:那个你认为是你最大的敌人的人,有可能变成你最好的朋友。

感恩提示

怎样才能消灭自己的"敌人"?把"敌人"变成自己的朋友,不就是最好的办法吗?

能成为我们"敌人"的人,自身一定有着独到之处。这个世界上的每一个人都是不同的,我们与其用敌视的眼光去和对方对峙,倒不如努力和对方接近,找到彼此的共同点,然后成为朋友。在成为朋友之后,我们便能学到对方的独到之处,从而让自己变得更加完善,与此同时,我们也可以用自己所擅长的一切帮助对方变得更加完美。

与其把大好的青春年华都浪费在对立上,不如微笑着和对方握个手,从此化干戈为玉帛,一起携手前进。

把敌人变成自己的朋友,你失去的只是对立和敌视,得到的却是真心的友谊和真诚的快乐。当你身边再也没有敌人,处处都是朋友的时候,你会发现,这个世界变得绚烂多彩、无比美丽。

(王　磊)

监狱里的那个拥抱

◆施 雨

虽然早有心理准备,但她还是想逃,皮鞋跟敲打地面发出单调、尖锐的声响,放大了一种非常的、令人胆寒的寂静,在这个封闭的空间里,给人的是窒息和恐惧。在每一扇铁门于身后重重关闭之后,她都忍不住回头,企图转身逃跑。

前面高大的狱警似乎也有所察觉,他频频回头,面带微笑,态度和善。第一次回头,他说,医生,不要害怕,他不会伤人,只是想自杀。第二次回头,他问,以前没有见过你,第一次来?再回头的时候已经接近目的地,狱警下意识地把手按在腰间,那里挂着对付犯人的器械,手枪、警棍……她的心也跟着提起来,两腿发软,脚下的步子越发不稳。

你知道吗?我们这里最怕犯人自杀。狱警回头瞧着她。她默默点头。他在开门之前,最后一次职业性的叮嘱,你没有带任何危险物品吧?她摇头,说我只带了一支笔,几张纸。

她在来这里之前就已经听说了他的故事,这个囚犯手上有一条人命,开庭的日子很近了,不过没有人担心他会被判重罪,他那有钱的父母为他雇了一个本州最出色的刑事律师,如果运气好,陪审团和法官说不定会让他无罪释放。最近报纸上都在渲染他的故事,但媒体关注的并非他杀人事件的本身,而是他频繁自杀未遂让所有人头痛。当然,最头痛的是监狱方面,其次是为他治疗的心理医生们。

这个案件引起了她的注意,不只是他让一个女人丧生;也不只是他一心求死让她的同行们泄气，而是他的油画让她十分心动。她曾经去过他的个人画展，那些抽象化的人物，被分解的面部表情，都叫她战栗。一个人心灵最深处的孤独，还有叫不出来的那声呐喊，都隐藏在他看似凌乱的线条和色块里。从此，她便记住了他的画和他的名字。

在他等待她的那个房间的门前，狱警掏出钥匙，"铛"的一声门被拉开了，狱警示意她进去，还在她耳边轻声说，不要害怕，医生，我就在门外监视，你是安全的。

她不知道他的女人和他在一起的时候，是不是也觉得安全。可是那个女人却死了，死在他的床上。报纸上说，在他们亲热时，他无意中掐死了他心爱的女人。当然，从医学的角度来说，这是很有可能发生的，一双有力的臂膀，把对方搂得太紧，以致窒息死亡。

门敞开的那个瞬间，她以为他会扑过来，掐死她。一个一心求死，吞铅笔、图钉、指甲刀……想方设法自杀的人有什么事做不出来？

他就坐在她对面，面无表情，一声不吭。她问他：我可以为你做什么？他没有回答。她又问，今天你的感觉如何？他依然没有反应。她起身为他量体温，测血压，他被动地随她摆弄。但她感觉到，在她靠近他的时候，他做了个小动作。她的手指开始发冷，她怪自己太大意了，一直被反复交代不要带任何东西来看病，防止病人拿去当自杀用品。可她早晨来的时候顺便在耳边上别了一枚发卡。现在她可以肯定这枚发卡已经在他的手里了，因为她那缕碎发披了下来。

她不敢声张，怕刺激他以后他会加速行动。她问了他一连串常规的，关于时间、地点、人物认知的问题。你知道你现在在什么地方吗，今天是星期几，现在大概几点？他朝她扫来冷冷的一瞥，蓝眼睛里充满讥讽。他缓缓地问，医生，是你白痴还是我白痴？问这种愚蠢的问题。我不需要你，你走吧。

不知道是因为恐惧还是气过头了，她忽然爆发了。她朝他喊，你以为你不是白痴？人死了又不能复生？你死了，你确定那个女人的灵魂就可以安宁了吗？你知道你给别人制造了多大的麻烦？死还不容易吗？好好活着才是本事。你那个心理医生说去度假要我代替她来看你，其实只是个借口，她根本不想再瞧见你了。你以为我愿意来吗？因为经济不景气，我被医院裁员了……

这么说，如果我真的死了，你的名气就坏了，更没有医院要雇你了对吧？他忽然坐直了身子，深深地盯着她。她埋下头，泪水在眼里打转，她知道自己完了。对病人说出这样的话，要是传出去，肯定再也没有病人上门找自己看病了。

不知沉默了多久，他又开口了，医生，今天我挺好，确实不需要你，可是如果我需要的时候，你能再来看我吗？你愿意成为我的心理医生吗？她抬起头，认真地点了点。在出门的时候他特意给了她一个友好的拥抱。

在监狱外面停车场自己的车里，她坐了很久。调调后视镜，她看到那枚发卡又重新回到了她的耳边。她知道，那个拥抱改变了许多东西。她的发卡回来了，她相信他求生的愿望也回来了。

感恩提示

暴风吹不垮冰川，只有阳光才能融化冰川。人的心中常常生长出各种各样的冰川，这些冰川让本来生气勃勃的人变得冷漠，不易接近，不通人情。对待这些内心深处的冰川，任何手段都显得那么虚弱无力，除了爱。

爱是什么？爱是悲悯与宽容，是对对方所做过的一切怀有深深的同情，并且用博大宽容的胸怀原谅对方的错误。女医生爆发了，不仅仅是因为恐惧，更是因为她不希望这样一个出色的男人因为无法走出心理上的阴影，而将宝贵的人生彻底毁灭掉。女医生大声地咆哮着，是用一种猛烈的方式让对方明白了人不能永远生活在过去的阴影里，要大胆地迈向新生活。

她给他送去了一束阳光，于是他心里的冰川融化了。他那友好的拥抱，饱含着一个生命对另一个生命的感激。

（王　磊）

我遇见过不少表面上自负、冷若冰霜的人,我发现他们并非麻木不仁,他们同我一样热切地需要友情。

朋友从陌生人开始

◆[美]亨利·莫顿·罗宾逊　莫　名/译

在我周围,一群冬季运动爱好者在冬日的阳光下闲散地游荡,他们都裹在鲜亮的围巾里;身材细长的雪橇跳滑者吸着棕红色的烟斗,乘着连橇滑行的人们竞相投掷雪球,被风吹皱了大衣的人在躺椅上晒太阳。锐利的北风夹着冷霜和快乐嘎嘎作响。每个人都在享受好时光——只是除了我。

我身边的躺椅依然空着,没有人坐。多年来,几乎没有人主动坐在我身旁。我向来缺乏那种把别人吸引来沟通心曲的能力——我不知道为什么。

然而,当大卫·吉萨出现在这个晴好的雪天时,整个画面全然改观了。

大卫·吉萨坐在了我身旁的躺椅上。

我曾经仔细地观察过此人:看见他主动亲近陌生人简直是一种乐趣。他的主动示好几乎能让所有人身上裹着的那一层寒冰融化——对于陌生人,每个人身上都裹着这层寒冰。他那么容易亲近别人,真令我感到嫉妒。不过,若让我打破僵局首先对陌生人开口说话,我宁可去死。

但我这种清高的态度并没有吓退吉萨,他将那双灰色而友好的眼睛转向我,很自然地微笑着。他并没有说出关于天气好坏这类无用的套话,也没有用自我介绍作开场白。他说话时毫不紧张或者尴尬,似乎他是在把一个有趣的消息传递给一个老朋友那样,他说道:"我发现你在观察那位古铜色的家伙修理冰鞋,他是来自纽约的学者。去年他当过'珂尼尔'号的尾桨手,同时还充当辩论俱乐部的主席,你不认为他是美国年青一代在牛津最杰出的代表吗?"

吉萨的这番话立刻诱导我们进入了一个问题的讨论——关于盎格鲁撒克逊人和美国人之间友谊的梦想。从这儿开始,我们的谈话涉及共同感兴趣的各个领域和特殊的信息。一个钟头之后,当我们停止谈话时,我们已经成了好朋友。

这几乎可以视为一个奇迹。

我干脆问吉萨,他如何能做到这一点。"你对陌生人谈话的秘诀是——我是说,就我个人而言,我总是局限于熟悉的几个朋友、同类的人。我一生都在希望能够与陌生人成为朋友以拓展我的视野,激发对生活的敏感,但我总是望而却步,害怕遭受拒绝。我要怎么做才能克服这种怕遭冷遇的畏惧感呢?"

吉萨用手将我们眼前的那群人画了一道圈子。"每当回忆起我最好的朋友当初都是陌生人时,我的畏惧感就消失了。"他说,"所以,我看见一个女子在捆扎冬青树枝,或是一群男子在修理冰鞋,就想道:在我开口与他们谈话之前,他们都是陌生人,而一旦我跟他们说话,他们就将成为我的朋友甚至知己。而我,因为了解他们,将拥有新的朋友。"

我不依不饶地说:"那么,你就不怕被别人误解吗?"

"如果怀着一颗真诚而同情的心,同时又有着对友谊的渴求,"吉萨说,"对方一般不会误解你的动机。我遇见过不少表面上自负、冷若冰霜的人,我发现他们并非麻木不仁,他们同我一样热切地需要友情。我极少遇到哪怕是一丁点儿的不欢迎。不,朋友,绝不能让畏惧感成为规避的借口。遭遇新的、不平常的人物,并不比轻车熟路的老交情更危险——而它肯定更能催发激情。"

随后的经历,证明了吉萨之言是多么正确。

无论到哪里,他总能轻易地与那些不同职业的人进行对话,并且得到新鲜撩人的信息。我们曾一同旅行到一座花岗岩的采石场,看到一群人踮着脚尖小心翼翼地走,还扛着红旗,像是朝着危险迈进。我们完全可以不加理会地走过去,但吉萨询问了一个扛着红旗的人。几分钟后,那个人告诉我们一个令人毛骨悚然的事件:原来许多年前,工程师们曾在这座采石场打了50个洞,在每个洞里装上炸药,然后点燃,结果有一些引线出了问题,只有一半的炸药爆炸了。120年以来,无论怎么劝,工人都不愿接近这块地方,眼看这地方要荒芜了,而今工人们接受了双倍的报酬,向这废弃的采石场宣战,所以它又重新开放了。

另一次,在国家公园美丽的湖畔,吉萨注意到了一个人在专心致志地画草图,吉萨很有技巧地引他交谈。吉萨发现他竟是有意思的海洋园艺家,这个人把他的想法称为"池塘构图"。他告诉我们,在环绕着古代阿兹台克首都的众多湖泊中,有不少漂流的岛屿,上面长满了树和美丽的鲜花,"我相信我有了如何重建这些岛屿并使它继续移动的方案,现在我就将我的想法画成草图,希望能引起公园管理委员会的兴趣。"

在回家的路上,我说:"这个人和这张草图,是我遇见的最有趣的事件之一。"

吉萨点头同意后又轻轻加上一句:"如果等待别人的介绍,再过一千年你也不会和他说话的,不是吗?"

"请别取笑我,我知道我错失许多,只是不知道你是如何使他人开口说话的。"

"与陌生人对话,"吉萨说,"一开始就要切入主题,那些不着边际的空话和大惊小怪的问题只会惹人厌烦。你必须对陌生人正在进行的事情怀有衷心的关切,才能说出中肯的话来。然后你等待他的反应,他必定会作出反应,因为,他人的关切以及对他的工作表示兴趣,任何人都会感到无限快乐。譬如那个在公园画草图的人,假如他不是感到愉快,他就绝不会跟我们谈这么多话。没有人愿意将自己的珍宝展示给无动于衷的人,但是一旦他看见我们从他的谈话中获得极大乐趣,他就会尽力满足我们,以延长我们的快乐。他为什么要这么做?很简单,因为每个人都发现:他自己最大的快乐就是能够给人以快乐。"

感恩提示

每一个人刚来到这个世界的时候,所有的一切对于他来说都是新奇而又陌生的,随着年龄的增长与接触事情的增多,我们慢慢地懂得了生活,知道了许多自己不曾知道的事,认识了许多不认识的陌生人,也慢慢地与这些陌生人成了朋友。

佛语云:"前生五百次的回眸才换来今生的擦肩而过。"世界很大,两个人相遇不容易,能够相识相知并成为朋友就更难了。任何一个朋友都是从陌生人开始的,没有当初的陌生,怎么会有后来的相互了解?没有相互了解的过程,我们又怎么懂得彼此之间的感情是如此的难得与珍贵呢?一个好朋友,就如同一壶香茶或者一杯浓酒,只有慢慢地品尝,才能知道茶的芳香和酒的浓都。

陌生的朋友能给我们带来更多新鲜的知识和经历,拓展自己的视野,能让我们更好地得到成长。可以说每一个人的成长,都有着许多别人的影子,每一步脚印都有自己曾经陌生的朋友的搀扶。他们对我们的影响不仅仅是一时的,甚至是一生一世的。张开自己的胸怀,主动"与陌生人对话",这个世界对你而言就少了一个陌生人,多了个能引导你成长的朋友,正如文章中所说的:"他自己最大的快乐就是能够给人以快乐。"

(黄 棋)

人生没有朋友,犹如生活没有了太阳。有了太阳的照耀,日子才不会发霉;有了朋友的陪伴,人生才不会寂寞。

电 话 情 缘

◆[美]威·萨洛扬

一天,萨洛扬坐在办公室里,觉得该给朋友打个电话,就顺手拿起电话,拨了一个号码,刚刚拨完号码,就意识到拨错了号。

电话通了,响了一次,两次,接着有人接了电话,"你挂错号码了!"一个嘶哑的男人声音,接着就挂断了。萨洛扬感到很奇怪,就又拨了一次。

"我说过,你挂错啦!"又是那个声音,电话又挂断了。他是怎么知道萨洛扬挂错号码了呢?当时萨洛扬在警察局工作,警察的天职就是好奇,因此,他又拨了一次。

"喂,又是你吗?"那人问。"是的,是我。"萨洛扬答道,"我什么都没说,你怎么知道我挂错号了?"

"你自己想吧。"电话又挂断了。

萨洛扬坐在那待了一会儿,又拿起电话拨了起来。

"你想出原因了吗？"对方问道。

"我想出的唯一原因就是从没有人给你打电话。"

"你想对了！"电话又挂断了。

萨洛扬觉得很好笑，又拨了一次。

"你现在又想什么？"对方问道。

"我想给你打个电话，只说你好。"

"你好？为什么？"

"既然没有人给你打电话，我想我该给你打个电话。"

"好吧！你好，你是谁？"

这个电话萨洛扬终于挂通了，现在轮到他好奇了，告诉自己是谁之后，他问对方叫什么名字。

"我的名字叫阿道夫·麦斯，今年88岁了，20年来，我从没有在一天中接过这么多次拨错的电话！"他们在电话里都笑了。

他们又谈了10分钟，萨洛扬了解到阿道夫没有亲人，也没有朋友，他所有的亲人和朋友都逝世了，他曾经和萨洛扬一样在警察局工作了40年。萨洛扬问他是否还可以给他打电话。

"你为什么要那样做呢？"他吃惊地问道。

"也许我们会像笔友那样成为话友。"

他迟疑了一会儿说："我并不介意交个朋友。"

萨洛扬不仅仅是出于对孤独老人的安慰才给他打电话，对萨洛扬来说，阿道夫显得非常重要。因为在萨洛扬的生活中，也有一个断裂带，萨洛扬是在孤儿院和寄养院长大的，没有父亲，渐渐地阿道夫对萨洛扬来说就像父亲一样重要了。萨洛扬同他谈自己的工作，晚上，阿道夫还非常热心地充当萨洛扬进修大学课程的顾问。在谈论萨洛扬同导师意见不一致时，萨洛扬对他说："我想应该好好地同他谈一谈。"

"着什么急，"阿道夫说，"让事情过一段，双方冷静下来再说，等你到我这么大年纪时，你会发现时间是最好的良药，如果事情变糟了，你再同他谈也不迟。"

他沉默了一会儿，接着说："你知道我与你就像与我自己的孩子交谈一样，我常想有个家，有自己的孩子，你太年轻了，无法体会这种感情。"

"不，我能体会，我也常想有个家，有个孩子……"萨洛扬没有接着说下去，他怕会勾起那种受伤害的感觉。

一天晚上，阿道夫告诉萨洛扬，他快过89岁的生日了。于是，萨洛扬亲自设计了一个生日卡，上面画着一个蛋糕和89根蜡烛，萨洛扬请他办公室里所有的警察在上面签了名字，他几乎得到了100个签名，他知道阿道夫一定会很喜欢的。

他们通过电话交谈已经4个月了，萨洛扬想他的生日那天是他们见面的最佳时机，因此，萨洛扬决定把生日卡亲自交给他。

萨洛扬没有告诉阿道夫他要去祝贺他的生日，那天早晨，萨洛扬开车来到他的住所，他的心激动得直跳，这位电话上的朋友会是一个什么样的人呢？萨洛扬有点儿怀疑，也许他会像他的父亲一样拒绝他，抛弃他。萨洛扬轻轻地敲了一下门，没有人回答，他用力又敲了几下，旁边恰好有一位邮递员对他说："那儿没有人住，麦斯先生前天去世了。"

人生匆匆，也许这件事是一个转折，萨洛扬第一次认识到，他和阿道夫之间有多么的密切，他知道这一经历将会使他更珍惜朋友之间的友情。

感恩提示

曾听过一首歌，"朋友多了，路好走……"人生匆匆，生命之车急速飞驰，经过了一站又一站。一路上，不断有人上，不断有人下。童年站时，有父母的陪伴，一路衣食无忧，快乐无比。然而，人不能总是在父母的注视下走路，当父母放开双手，在你感到无助时，另一双手便会悄然伸出，那便是友情之手。如果说父母是一条船，让你更好地穿游于茫茫人海，那么朋友就是船上那双桨，让你更快地到达成功的彼岸。有了朋友的陪伴，生命列车才会一路通畅无阻。

朋友，由陌生走向熟悉。一个陌生的声音、一次亲切的握手，随之而来的都可能是一次生命的感动。萨洛扬的一个错误的电话，一次次执著的追求，让两颗孤独的心不再寂寞，也让这两位有着相似身世的人成了知心朋友。然而，上帝总是喜欢跟人开玩笑，正当萨洛扬准备见一下这位素未谋面的朋友并为他庆祝生日时，朋友却不幸去世了。虽然萨洛扬和阿道夫的接触只是短短的几个月，甚至连面也没见过，但是，这短短的电话情缘却在萨洛扬心中不停地回响，使他更懂得了珍惜朋友之间的友谊。

人生没有朋友，犹如生活没有了太阳。有了太阳的照耀，日子才不会发霉；有了朋友的陪伴，人生才不会寂寞。"万两黄金容易得，知心一个也难求"，好好珍惜每一个陪你一起欢笑、一起流泪的人吧！

（袁春常）

在慢慢成长的过程中，当我遇到困惑和难题时，我总会想起当年"查询台"带给我的温暖感觉。

"你好，查询台"

◆佚　名

很小的时候，家里有了第一部电话。我清楚地记得一个擦得很亮的橡木盒子被挂在楼梯缓步台的墙上，上面是亮晶晶的听筒。只是我太小了，根本够不到听筒，但当妈妈打电话时，我总是极感兴趣地凑上去听听。真是太奇妙了！

慢慢地我发现，这个神奇的设备里住着一个奇异的人——她的名字就叫查询台。她很聪明，什么事情都懂，妈妈可以从那里问到很多人的电话号码。

我和她的第一次接触是在妈妈去了邻居家。那天，我一不小心用锤子砸了手。我含着指头，疼得满屋子乱转。最后我上了楼梯，不禁眼前一亮，于是很快搬来脚凳，慢慢地站上去摘下听筒——"你好，查询台。"

滴答一两声后，耳边传来了一个很清晰的声音："这是查询台，请讲。""我伤着指头了……"因为有了听众，我的眼泪一下子涌了出来。"你妈妈在家吗？"电话那边关切地问道。"家里除了我，没有别人。"我哽咽着。"出血了吗？""没有，"我说，"我用锤子砸了手，很疼。""能打开冰箱吗？"我说能。"从冰箱里刮点冰，然后敷在手上，这样能止疼。用冰铲时要小心一点儿。"然后她又安慰我，"别哭了，马上就会好起来的。"

从那以后，我有了问题都乐意问查询台。她帮我做数学题，告诉我费城在哪里，还有奥里诺科河——这条浪漫的河是我长大后要去探险的。她告诉我，我一天前在公园里抓的金花鼠要喂它吃水果和坚果。

后来我的金丝雀死了，我很难过，并把这个不幸的消息告诉了她。她静静地听着，可我还是难以释怀，为什么鸟儿能唱动听的歌，能给整个家庭带来欢乐，而死后却像一团羽毛似的卧在笼底？她觉察到了我深深的忧愁，轻轻地说："保罗，你要永远记住，它们可以在其他世界里欢唱。"

不久我就对这个声音很熟悉了。有一次我问她："能告诉我单词 FIX 怎么拼吗？"

"是安装东西的安装吗?F—I—X。"正在这时，姐姐扮作妖精尖叫着顺楼梯冲了下来。我吓得跳下凳子，听筒一下子从盒子里掉了出来。我俩惊慌失措——查询台已经不在那里了。我重新把听筒挂上，心中惴惴不安。

几分钟后，一个男人出现了："我是电话维修员，正在这条路上工作。接线员说你们家的电话可能出了点儿问题。"我将情况如实告诉了他。"原来是这样，两三分钟就可以修好。"他鼓捣了一会儿，然后对着听筒说："你好，105 已经修好了。是他们闹着玩，把电话线拽出来了。"他挂上听筒，冲我一笑，走了。

这一切都发生在一个小镇上。我 12 岁时，全家搬到了波士顿。新电话装上了，就放在客厅的矮桌上。但不知怎的，我对那部电话毫不感兴趣。我知道，我的记忆永远属于那个挂在墙上的旧橡木盒，那里有我非常思念的忠实朋友。

在慢慢成长的过程中，当我遇到困惑和难题时，我总会想起当年"查询台"带给我的温暖感觉。感谢她的耐心、理解、宽容和爱心，在外人眼里，对一个小男孩这样不厌其烦要浪费多少时间啊！

几年后，我乘坐飞机去读大学。因为中途要在西雅图转机，我有约半小时的空闲时间。我没有片刻犹豫，很自然地拨通了家乡查询台的电话。

"你好，查询台。"奇迹一般，我又听到了那个熟悉而清晰的声音："这是查询台，请讲。"我没料到她会出现，一愣，但还是不由自主地说："能告诉我单词FIX 怎么拼吗？"长长的停顿，然后传来了温和的声音："我猜你的指头现在一定好了。"我不禁笑了。"没想到你还在这里。我不知道你是否明白那时的你对我意味着什么。""我在想，"她说，"你又是否知道那时的你对我意味着什么。我没有孩子，过去常盼着你的电话，这是不是有点儿傻？"

根本不傻——但我没有说出口。我告诉她，这些年来我一直在思念着她，感激着她。我问她，这个学期结束，我来西雅图看望姐姐时能否再给她打电话。"当然可以，你就说找莎莉。"查询台现在有了自己的名字，这多少有点儿怪怪的。"如果我再抓到金花鼠，我会给它吃水果和坚果。""好的，希望不久你就可以奔赴奥里诺科河了。那么，再见吧！"

5个月后，我又来到西雅图机场。电话里传出的却是一个陌生声音："这是查询台，请讲。""我找莎莉。""你是她的朋友吗？""一个老朋友。""很抱歉，这几年莎莉只工作半天，因为她病了。5个星期前，她去世了。"我呆呆地刚要挂电话，那人接着又说："等一会儿，你的名字叫保罗？""是的。""莎莉给你留了一句话。""是什么？"我急切地问道，冥冥中仿佛已知道是什么内容。"在这里，我给你念一下——'告诉他，还有别的世界可以唱歌。'她说你知道是什么意思了。"

我道谢后，挂了电话。我确实知道莎莉指的是什么意思。

感恩提示

我们的一生中总会遇到许多朋友，有一些朋友可以与自己相依相伴到老，甚至直到生命的终点；还有一些朋友，他们只能陪伴自己走过生命的一段路程，并不是全部。然而，无论与朋友们走过的路程是长是短，只要彼此都曾为这段友谊付出过真挚的感情，许多记忆根本不需要想起都不会忘记。因为在这些关于朋友的往事中，有一种被称为感动的东西冲击着我们的心灵，不知不觉中让自己泪流满面。

对于"保罗"来说，"莎莉"就是一个只能陪伴他走过生命中一段路程的朋友。他们都不知道彼此是谁，甚至连彼此的样子都没有见过，所有的相识与交谈都只是在电话之中。然而，就是这样的一个"橡木盒子"，让"保罗"与"莎莉"之间有着胜似亲人般的相知和相互了解。文章选取了发生在他们之间的几个经典事例，用彼此之间朴实的话语淡淡地讲述着这个关于友情的美丽故事，他们的相识虽然平常而且短暂，但其中的真挚情谊与动人情感却在重重地敲打着我们内心的最深处，让我们深深地明白友情的珍贵，并不在于彼此之间交往时间的长短，也不在于相互之间是否见过面，而是在于朋友之间是不是真正用心付出过，是不是用真情去交流了。

(黄 棋)

与陌生人相遇,付出善意的微笑,会收获真诚的目光;与陌生人相遇,伸出友好的双手,会得到热情的拥抱。

奇　　遇

◆[美]凯瑟琳·布鲁斯

夏天,温特伦杰一个人开车从波士顿到西海岸去,不幸的是在伊利诺斯州的公路上发生了车祸。当他苏醒过来时,他发现自己躺在小城的医院里,在这个陌生的小城,他没有一个熟人。

关于车祸的报道,出现在第二天早晨的当地报纸上。当天下午,一位自称是马尔科姆夫人的女士要求探望温特伦杰先生,而他根本没能想起这个名字。

"你们肯定她是要看我的吗?"温特伦杰问医院的人,"可在这里我一个人也不认识呀!"

医院的人肯定地点头,这位女士便被引了进来。

她不无骄傲地告诉温特伦杰先生:"和我一起来的小男孩叫比利,我猜想您一定想见见他吧。护士说您已经没事了。"

接着她又急切地问:"您还记得我吗?我可是牢牢地记着您呢。我永远不会忘记您对我和马尔科姆的恩情。二次大战中在纽约的一夜,在那个旅店里,记得吗?"

他隐隐约约地想起了当时的情景:那个拥挤的旅店,那个在登记处排队的年轻少尉。

那是一个傍晚。

温特伦杰来到这个旅店办理了登记手续。因为他是这个店的常客,所以没费什么事便租了一个房间。把行李安排在楼上房间后,他下楼买了一张报纸,

然后坐在门厅里的沙发上看了起来。

战时，登记处前总是有一条长长的队伍。温特伦杰不时扫一眼，不知不觉中竟对队伍中一位年轻的军官发生了兴趣。他是一个少尉，看上去二十多岁，总是温顺地让高级军官插到他的前面。

"可怜的孩子，"温特伦杰自语道，"照此下去，你会永远排不到头儿。"少尉终于排到了，温特伦杰却听见服务员说已经没有房间了。少尉似乎都要哭了出来。

"帮帮忙吧，"他对面无表情的服务员说，"今天早晨9点我就开始找房间，一直到现在。"

"但是没有房间了，怎么说也没有了！"服务员以不容商量的语气说道。

这时少尉神情沮丧，失望地转过身。

看到这个场面，温特伦杰受不了了。于是他走到少尉面前，说他租的房间里有两张单人床，如果少尉不介意的话，可以和他住在一起。

"谢谢您，先生，但我妻子也在这儿。"说着他指向不远处的椅子上坐着的一位纤弱女子，她瘦削的脸上满是愁容，一副疲惫不堪的样子。

温特伦杰走进经理办公室，为这对可怜的夫妇申辩。可经理不耐烦地说："这我知道，这些天我们每天都是这样。温特伦杰先生，很抱歉，实在是没有房间了。"

"那么在我的房间挂一个吊床总可以吧。"温特伦杰说，"这样他们可以和我合住一个房间。你们这里一定有吊床吧？再有一个屏风，把房间隔开。"

这个建议真是异想天开，经理不觉恐慌起来，这是违法的，这样做是根本不可能的。

终于，这位虽已成年但有时仍是火暴脾气的温特伦杰先生终于忍不住大声质问："你拒绝我的建议是不道德的！如果你仍一意孤行而使问题得不到解决的话，那么我敢肯定地说，这个旅店就是个伪君子店！"

他的声音特别大。心烦意乱的经理只想让他平静下来，不管为此付出什么代价。

"噢，温特伦杰先生，"经理突然和蔼地说，"您是说这位女士是您的女儿呀，噢，那么，在这种情况下我们倒是可以特殊照顾一次。很抱歉，您没有早点儿说。"

事情很快就解决了。

少尉和他的新婚妻子被领到楼上温特伦杰的房间，温特伦杰一直站着等到吊床和屏风都安置好了，这才交给他们夫妇一把钥匙，并告诉他们他要出去吃晚饭看电影，直到半夜才会回来。

温特伦杰一直到半夜才回来。他踮着脚，摸黑走到吊床旁边。

清晨，温特伦杰醒来时，少尉和他的妻子已经走了。很显然，他们是睡在一张床上的，虽然另一张床被巧妙地弄得有些折皱。枕头旁留着一张字条，字条上写着：

温特伦杰先生：

在困窘之际，是你这位心地善良的陌生朋友给了我们未曾料到的温馨。你会使我们永远铭记心中。再见！

萨瓦·科雯

现在，都过去 7 年了。为了再次感谢他，少妇又站在了他面前，站在了中西部小城中灰色墙壁的医院里。她带来了一大束自家的鲜花，由她的儿子骄傲地紧捧着。温特伦杰抚摸着小男孩，笑着说：“长得真像爸爸呀！”

“是吗？”少妇高兴地应道，“大家都这么说。”

“顺便问一句，你丈夫怎么样？我想现在我不会再叫他少尉了吧？”他问。

他发现少妇的眼睛失去了明亮的神采。她直率地说：“他再没回来，他战死在修伦大森林。所以你的恩情，我永远不会忘记，永远不会，只要我还活着。要知道，当时他就要乘船出去远征，那是我最后一次和他在一起。”

感恩提示

故事发生在二战时的纽约，年轻的马尔科姆女士和少尉丈夫，排队苦等了很久却没能“排”到一个房间，温特伦杰先生倾力相助，帮这对可怜的夫妇解决了房间的问题。

7 年后，当温特伦杰在陌生的小城遭遇车祸时，马尔科姆及时出现在他面前，把动人的温馨回馈于他。于是，荒芜的“陌生地带”顿时花开如春。

人本来就是世间微乎其微的尘埃，如果有一阵风把我们带到了另一方天地，那会是怎样的景致？防备的眼神？窒息的冷漠？还是麻木地擦肩而过？佛家说，两个人的相遇，是在佛前苦求五百年修来的正果。我们说，看似不经意的相遇，实则是上天有意安排的机缘，因此应该万分珍惜。偶遇陌生人，若能多一些关注，多一些问候，多一些帮助，这个世界便会温暖起来。

与陌生人相遇，付出善意的微笑，会收获真诚的目光；与陌生人相遇，伸出友好的双手，会得到热情的拥抱。如此奇妙的邂逅，值得一生铭记，值得一生感恩。

（刘光全）

向别人伸出援手并不困难，难的是不求回报的帮助。物质上的帮助并不罕见，可贵的是在帮助别人的同时又维护了他的尊严。

稀有的蒙古兔

◆[美]玛丽恩

玛丽恩的丈夫约翰将被"裁员"，他向玛丽恩说出了这厄运所带来的忧虑。他向玛丽恩保证他将尽全力去找一份工作来维持家庭生计。他们有三个不到5岁的孩子，还有一个很快就要出生，全家就靠他一个人的收入生活。

"日子还得过下去。"约翰说。表面上看，他比玛丽恩对这件事情要乐观些，"我们大家都很健康，失去的仅是一份工作而已。再说，公司会继续给我发三个月薪水，到那时我肯定已找到新工作了，你尽可放心，不用担忧。"

数月过去了，约翰还没找到工作。玛丽恩越来越感到害怕，如果他再找不到工作怎么办？若不是有孕在身的话，玛丽恩早就回去教书了，可是他们的第四个孩子距出生日已不足三个月。

他们几乎没有存款，已有两个月未交付抵押贷款应付的本息了，又没有其他任何收入来源，所以玛丽恩只好削减日常开支，最终他们几乎没钱买食物了。一天，当玛丽恩带着孩子去超级市场时，她注意到一个打包的小伙子在往纸箱内装过熟的水果和过期的食物。她问他这些食物会运到何处。

"我们非常便宜地卖掉这些食物，卖不掉的就扔掉。"他说。玛丽恩看了看那些过熟的胡萝卜、芹菜和西红柿，这些够他们吃一个星期的。她不知道为自己的孩子乞讨食物该用什么样的语言。

"我们有只稀有的蒙古兔！"看着三个饥饿的孩子，玛丽恩脱口说出，"我想要买这些食物喂兔子。"

他说："既然是给兔子吃，那就不要钱了。"那天他给玛丽恩的车装上了5箱食物。他一边装车，他们一边聊着，玛丽恩告诉他，他们家将要有新成员了。他也告诉玛丽恩他家的事情。他的名字叫杰夫，一家五口，经济比较拮据。他打的这份工是给自己挣上大学的学费。

几个星期过去了，杰夫开始把那些过期的或受损的食物：花生酱、罐装汤、奶酪……打包给玛丽恩，否则，那些东西都会被扔掉的。

"一只稀有的兔子肯定会吃掉所有这些东西的。"他说，并解释他为何把这些东西都打包给玛丽恩。数星期过去了，数个月过去了，他们发现在食物下面藏着洗洁精、牛奶、橘汁、黄油等。每次只要杰夫一准备好一箱"兔食"，他就给玛丽恩打电话。他还不时把一箱一箱的东西送上家门。他从来不问兔子的情况，而仅仅把它的食物留下就离去。

当玛丽恩第四个女儿出生时，她是喜中有忧，因为她担心家中未来的财政开支。"啊，上帝，"玛丽恩祈祷说，"你许诺过永远不会让我们承受苦难，你想要我们干什么？求你帮助我们吧！"

玛丽恩的丈夫来到医院病房，对她说："我有好消息，也有坏消息要告诉你。好消息是，今天上午，我得到一份令人非常兴奋的好工作。"

玛丽恩闭上眼睛感谢上帝给了他们许多恩赐。"坏消息是，"他接着说，"那只稀有的蒙古兔消失了。"

他们发现杰夫已不在那家超市工作了。据经理讲，当玛丽恩忙于照看新生儿的时候，他离开了超市，没有留下联系的地址。在后来的10年中，玛丽恩履行了她默默许下的诺言，报答所有那些在他们困难时帮助过他们的人。可是玛丽恩的感恩因为杰夫而不完全。后来，10年之后的一天，杰夫出现在这家超市的办公室里。玛丽恩注意到他佩挂的胸牌上印有"经理"的字样。

对一个曾帮助过你并同时维护了你自尊的人，对一个曾向你伸出援助之手而不求回报的人，对一个相信在彼此生活中都藏有一只稀有蒙古兔的人，你该如何表达你的感激之情呢？玛丽恩对杰夫的升迁一点儿也不感到意外。他有杰出的天赋，懂得如何侧耳倾听玛丽恩的特殊请求。"纳恩太太！"他大声地喊道，"我常想念您和您全家。那只兔子怎么样了？"他轻声地问道。

玛丽恩握住杰夫的双手，眨巴了一下眼睛对他说："谢谢你的关心，那只兔子很久以前就离开我们了，我们的生活好极了。"

感恩提示

负责处理过熟水果和过期食物的小伙子杰夫，看到这位面带愁容、带着三个饥饿的孩子的孕妇，却以喂养兔子为由，开口要求买这些过期食物的时候，他已经明白了一切。

于是杰夫一次又一次地给"兔子"送来食物，从不过问兔子的情况，却在食物下面藏着洗洁精、黄油等兔子根本用不着的东西。这些举动背后的含义当事人心里都明白，但大家都没有抛开这只兔子，捅破这层纸。10年后，玛丽恩一家的生活有所好转，杰夫也成为超市的经理，一切的感谢与关心仍然围绕着那只"兔子"。

向别人伸出援手并不困难，难的是不求回报的帮助。物质上的帮助并不罕见，可贵的是在帮助别人的同时又维护了他的尊严。玛丽恩与杰夫都是平凡的人，但在他们身上却闪耀着非凡的光芒，杰夫不但帮助了这一家子，并且连他们的心灵都呵护了，他把一切都做得恰到好处。人生活在这个世上，总有需要帮助的时候，但有时为了种种原因，我们却羞于向他人求助，在这个时候我们都需要那只稀有的"蒙古兔"。

(陈协毅)

患难见真情,友情是这个世界上最珍贵的字眼。真正的朋友是在你需要帮助的时候,借给你肩膀的人;是在你苦闷的时候,让你想起的人。

分享营火

◆周静嫣/译

那个男子在深夜里偶然遇到了约翰燃起的营火,他看起来又冷又累,约翰知道他的感受如何。约翰自己正在旅途中,他离开家出去寻找工作已经一个月了,他要赚钱寄给衣食无着的家人。

约翰以为这人不过是一个和自己一样因经济不景气而潦倒的人,或许这人就像他一样,不断地偷搭载货的火车,想找份工作。

约翰邀请这位陌生人来分享他燃起的营火,这个人点头向约翰表示感谢,然后在火堆旁躺了下来。

起风了,令人战栗的寒风。那人开始颤抖,其实他躺在离火很近的地方。约翰知道这人单薄的夹克无法御寒,所以约翰带他到附近的火车调车场,他们发现了一个空的货车车厢里刮不进风。

过了一会儿,那人不抖了,他开始和约翰说话,说他不应该在这里,说他家里有柔软舒适的床,床上有温暖的毯子等着他,他的住所有 20 个房间。

约翰为那人感到难过,因为他杜撰了温暖、美好的幻想中的生活,但处在这样艰难的境地,幻想是可以原谅的,所以约翰耐心地听着。

那人从约翰的表情中知道他并不相信他的故事。"我不是无家可归的流浪汉。"他说。

或许那人曾经富有过,约翰想着。他的夹克,现在是又脏又破,不过也许曾是昂贵的。

那人又开始发抖了,冷风吹得更猛了,从货车厢的木板缝隙里钻进来。约翰想带那人寻找更温暖的过夜的地方,但当他把车厢门拉开,向外看时,除了飞扬的雪花外,什么也看不见。

离开车厢太危险了,约翰又坐了下来,耳畔是呼呼的风声。那人躺在车厢的角落里,颤抖使他无法入眠。当约翰看着那人时,他想起了妻子和三个儿子。当他离开家时,家里已经停止供暖了。他们是否也和这人一样地颤抖着呢?然后,约翰发现这人并不是孤单一人在车厢黑暗的角落里。约翰看到自己的妻子和儿子在那里,同那陌生人一样在颤抖。他也看到他自己,以及所有其他自己认识的人——无钱照料自己家人的朋友们。

约翰想要脱下自己的外套,把它盖在陌生人的身上,但他努力尝试从心中摆脱这样的念头。他知道他的外套是他仅有的可以让他不至于冻死的"救命稻草"。

然而,他仍在那陌生人的身上看到了他的家人的影子,他无法摆脱给那人盖上自己衣服的念头。风在车厢的四周怒吼着,约翰脱下他的外套,盖在那人身上,然后在他身旁躺下。

约翰等待着暴风雪过去的同时,一阵阵寒意侵入他的体内。过了一会儿,他不再觉得冷了。起先,他还很享受那股温暖,但是,当他的手指无法动弹时,他才知道他的身体正渐渐地被冻僵。一阵白色的薄雾升上他的心头,意识渐渐模糊。终于,他进入了奇特而舒适的睡梦中……

当那人醒来的时候,他看到约翰躺着不动。他担心约翰已经死了,他开始摇他。"你还好吗?"那人问,"你的家人住在哪里?我可以打电话给谁?"约翰的眼前罩着雾气,他想要问答,但嘴巴却说不出话。

那人寻遍约翰的口袋,终于找到了约翰的皮夹。打开来,他找到约翰的姓名、地址和他家人的相片。

"我去找人帮忙。"他说。那人打开车厢门,阳光照进车厢里。那人走远了,约翰隐隐地听到他踩过新雪的声音。

约翰孤独地躺在车厢里,睡睡醒醒。他的手、脚和鼻子都冻伤了。不过那个人把约翰的外套留了下来,外套让约翰渐渐暖和过来。火车开始移动,不知道时间过去了多久,火车的摇晃把他惊醒了。

火车停了。火车站的工作人员发现他躺在车厢里，于是把他带到附近的医院。

冻伤使他失去了部分鼻子，也失去了手指尖和脚趾尖，但更深的痛苦却是他失去了尊严。他怎么能带着医院的账单回家去，而不是带着薪水回去，给家人的餐桌带点儿食物呢？

他为一个陌生人舍弃他的外套；他冒着生命的危险，只为让另一个人能活下去，而他的妻子和三个孩子现在却必须为他的行为受苦。但是他也不会作出别的选择，他这么对自己说。

他感觉对不起家人，痊愈后，过了一个多星期还不敢打电话给妻子。一个星期日的早晨，他终于忍不住煎熬，拨通了家里的电话。他的妻子听到他的声音激动得不得了，她告诉约翰前些天发生的一件不寻常的事。她说，来了一位陌生人，把一张 4 万元的支票放在她的手里。那人要她让孩子们吃饱、穿暖。约翰听到这些，明白了为什么自己要把外套给陌生人。他清楚地看见了人与人之间的关联。

"约翰，你认识这个人吗？"妻子问。

"是的，"他回答，"我们共享过一堆营火。"

感恩提示

当你身上带着仅仅残留的一点儿水在沙漠中独自艰难跋涉的时候，这时你看到了一个比你更需要帮助的人，你的选择会是什么？是视若无睹地继续前行？还是用自己仅有的一点儿水去救助他？

在天寒地冻的夜晚，约翰毫不犹豫地和那位"同是天涯沦落人"的陌生朋友一起分享营火，并把自己视为"救命稻草"的外套盖在了那位陌生人的身上。这看似一个简单的举动，却是患难时那颗真挚的心的真情流露，那件外套不仅暖和了那位朋友冻僵了的身体，也温暖了他那颗冰冷的心。

患难见真情，友情是这个世界上最珍贵的字眼。我想真正的朋友是在你需要帮助的时候，借给你肩膀的人；是在你苦闷的时候，让你想起的人。它就像火炬，在你周围最黑暗的时刻赫然照亮。朋友是生活中的片片拼图，只有拼凑起来才能构成一幅美丽的图画，如果不见了一片，就永远都不会完整。

感谢那些曾经给了你关心和帮助的朋友，是他们给了你鼓励和前行的勇气。学会感恩，在他们需要帮助的时候，伸出自己的友谊之手，你一个简单的微笑，也可以温暖他整个的寒冬。

(张裕娜)

卡姆以后再没见过那个坐破旧黄色道奇车的男子，他有时不禁遐想：他到底是一个乞丐呢？还是一个天使？

最后一块钱

◆王　莎

卡姆是我童年的朋友，我们俩都喜爱音乐。卡姆如今是一位成功人士。

卡姆说，他也有过穷困潦倒只剩一块钱的时候，而恰恰是从那时开始，他的命运有了奇迹般的转变。

故事得从 20 世纪 70 年代初说起。那时卡姆是得克萨斯州麦金莱市 KYAL 电台的流行音乐节目主持人，结识了不少乡村音乐明星，并常陪电台老板坐公司的飞机到当地的音乐中心纳什维尔市去看他们演出。

一天晚上，卡姆在纳什维尔市赖曼大礼堂观赏著名的 OLEOPRY 乐团的终场演出——第二天他们就要离去了。演出结束后，一位熟人邀他到后台与全体 OPRY 明星见面。"我那时找不到纸请他们签名，只好掏出了一块钱，"卡姆告诉我，"到散场时，我获得了每一个歌手的亲笔签名。我小心翼翼地保存着这一块钱，总在身上带着，并决心永远珍藏。"

后来，KYAL 电台因经营不善而出售，许多雇员一夜之间失了业。卡姆在沃思堡 WBAP 电台好不容易找了个晚上值班的临时工，等待以后有机会再转为正式员工。

1976 年到 1977 年的冬天冷得出奇，卡姆那辆破旧的汽车也失灵了。生活非常艰难,他几乎囊空如洗,靠一位在当地超级市场工作的朋友的帮助,有时搞来一点儿过期的盒饭,才能勉强使妻小不挨饿,零用钱则一分也没有。

一天早晨,卡姆从电台下班,在停车场看到一辆破旧的黄色道奇车,里面坐着一个年轻人。卡姆向他摇摇手,开车走了。晚上他上班时,注意到那辆车还停在原地。几天后,他恍然大悟:车中的老兄虽然每次看见他都友好地招手,但似乎没有从车里出来过。在这寒冷刺骨的下雪天,他接连三天坐在那里干什么?

答案第二天有了:当他走近黄色道奇车时,那个男人摇下了窗玻璃,卡姆回忆:"他作了自我介绍,说他待在车里已好几天了——没有一分钱,也没有吃过一餐饭;他是从外地来沃思堡应聘一个工作的,不料比约定的日子早了三天,不能马上去上班。"

"他非常窘迫地问我能否借给他一块钱吃顿便餐,以便挨过这一天。明天一早,他就可以去上班并预支一笔薪水了。我没有钱借给他——连汽油也只够勉强开到家。我解释了自己的处境,转身走开,心里满怀歉疚。"

就在这时,卡姆想起了他那有歌手签名的一块钱,内心激烈斗争一两分钟后,他掏出钱包,对那张纸币最后凝视了一会儿,返回那人面前,递了给他。"好像有人在上面写了字。"那男子说,但他没认出那些字是十几个签名。

"就在同一个早晨,当我回到家,竭力忘掉所做的这件'傻事'时,命运开始对我微笑,"卡姆告诉我,"电话铃响了,达拉斯市一家录制室约请我制作一个商业广告,报酬500美元——当时在我耳里就像100万。我急忙赶到那里,干净利落地完成了那活儿。随后几天里,更多的机会从天而降,接连不断。很快,我就摆脱困境,东山再起了。"

后来的发展已尽人皆知,卡姆不管是家庭还是事业都春风得意:妻子生了儿子;他创业成功,当了老板;在乡村地区建了别墅。而这一切,都是从停车场那天早晨他送出最后一块钱开始的。

卡姆以后再没见过那个坐破旧黄色道奇车的男子,他有时不禁遐想:他到底是一个乞丐呢?还是一个天使?

这都无关紧要,重要的是:这是对人性的一场考验,而卡姆通过了。

《最后一块钱》中提到的不是一般的一块钱,这张一块钱的纸币的不同寻常之处,不仅仅在于有很多明星的签名在上面,而在于从这一块钱中,我们看到了在面对陌生人的窘境时伸出友谊之手的高尚举动。

一块钱,在很多人眼中也许显得微不足道,但对于一个穷途末路的人来说,却可以成为"救命稻草"。在很多时候,事物尽管微小,但对于需要帮助的人来说,它的价值可能是不可估量的,然而,决定小事物能否发挥大作用的关键在于我们是否拥有一颗助人为乐的心!一个拥有爱心和懂得友谊真谛的人,总能在恰当的时候作出高尚的抉择。我们不要吝啬自己的爱心,有时候举手之劳帮助了别人,也帮助了我们本身。学会用一颗感恩的心去面对我们身边的人,哪怕只有一面之缘,一份难得的友情却在珍贵的瞬间幻化成永恒!

《圣经》上说:"给予是一种幸福,因为你是富有的,这种富有通常跟财富无关,更主要的是精神上的富有。"我们是富有的,在无私地"给予"的时候,我们收获了友谊,也收获了幸福,更懂得了人生的真谛!

(江伟栋)

朋友就是用生命去守护着你的那个天使,就是把自己的命运与你的命运紧紧相连的那个人。

我不会离开

◆[美]詹姆斯·哈其森

一天傍晚,油罐车司机马什驾驶着一辆带拖斗的油罐车开往新西兰最大的商业区。这辆车重39吨,满载着汽油。

当车驶近商业区时,一辆出租车忽然从侧面的停车场开出,挡住了马什的去路,马什急忙侧转,从反光镜里他看见拖斗与出租车擦身而过,但当他再往前看时,不由得倒吸一口冷气,一辆小汽车正停在他前方!

马什踩下刹车,但为时已晚,随着一声巨响,卡车撞中汽车后部,撞坏了它的油箱,汽油喷溅到两辆车上,两车立刻同时着火,油罐车的拖斗也在撞击时侧身腾起,坠下来压住了小汽车。

马什忙用无线电通报他的同事:"布莱恩,我出车祸了!汽车着火,请立刻叫消防队!"随即他跳出驾驶室,跑向被拖车压住的小汽车。他看见拖车漏了洞,油正在往外涌,车身随时都可能爆炸!

小汽车里有母女两人,马什赶到车跟前时,一个叫彼得拉的男人已从车里抱出母亲盖伦,扑灭了她身上的火。但在呼呼的火焰声中,马什听到有人在喊:"妈妈!妈妈!"他寻声朝拖车下看,发现一个黑发女孩被压在汽车后轮和底盘之间,这正是盖伦的女儿雪利。

马什伸手去拉她,但拉不动,她的下半身被紧紧夹在车轮和路面之间。透过底盘的空隙,马什看见一股汽油正从拖车里冒出,流向路边的阴沟。"我们必须立刻救她出来!"他大声说。

马什跑进燃烧的驾驶室,发动了油罐车,想向前移动,但雪利在下面痛得尖叫起来。"这样没用,"彼得拉喊着,"她还是出不来。"

一道火浪蹿过油罐车,开始朝雪利躺着的地方蔓延。马什忙从驾驶室拿出灭火器,朝雪利四周喷射,想借此赢得一点儿宝贵的时间。

这时轰的一声巨响,拖车上的四个油箱中有一个遇火爆炸,气浪把底盘后面的马什和彼得拉冲得踉踉跄跄地退出好几步,一个警察走过来命令他们退离危险区。此刻卡车、拖车和小汽车都被漫天火海吞没了。

"这可怜的姑娘,"马什说,"她没救了。"

两辆消防车鸣着警笛开到现场,消防队员罗伊德·肯尼迪刚下车,全身的装束似乎就被大火烤焦了一样,他和队友迈克·基斯举起水龙头喷向烈火,但水柱全部被火海化为蒸汽。

消防队员心里明白,油罐车在汽油和蒸汽混燃的大火中会产生剧烈爆炸,波及范围可达好几百码,在距失火现场仅 100 余码的商业中心,正聚集着两万多游客。

更多的队员赶到了现场,好几支水龙头一齐喷向大火,但拖车上发出的一连串爆炸，迫使肯尼迪和他的队友又退了下来。当他们准备再次向大火冲击时，黑暗中突然传出一声凄厉的尖叫，紧跟着又是一声。肯尼迪惊呆了，他发现叫声竟来自油罐车下！他目光搜索着叫声传出的地方，透过扑闪的火焰，一瞬间他发现拖车下有人在挥手，是那个孩子的手。

"掩护我！"他大叫一声，冲进了火海。

雪利在火海中挣扎呼喊，剧烈的疼痛和油烟使她头晕目眩。她强睁开眼，透过火焰看见一些晃动的人影，于是她竭尽全力，大声叫喊起来。

肯尼迪冲进火中，热浪透过面罩针扎般灼着他的脸。他在拖车下找到了雪利，见她一只手紧抓着头上方的刹车钢索，臀部和大腿都被夹在轮下，双腿屈在胸前。

"我害怕！"雪利哭喊着，"不要离开我！"

"我保证不离开你，"肯尼迪双手抱着她说，"我们生死都在一起。"这时候拖车仍阻挡着火焰的势头，但浓重的油烟却呛得他们喘不过气。

轰的一声巨响，周围的气浪受热爆炸了！"这下完了。"肯尼迪脑中闪过这个念头。火一阵阵扑向雪利，他绝望而无助。片刻间火势稍退，他趁机摘下钢盔，戴在雪利头上，替她拴好钢盔带子，拉下防护面罩。

又是一股火势扑向他们，这次幸得钢盔防护，使雪利头部免遭伤害，但一阵阵爆炸使拖车不停摇晃，雪利的身体在痛苦地扭动。"我不会离开你，我向你保证。"肯尼迪紧抱住她，等待着火浪将他们一起吞没。

但突然间一股冰凉的水柱扑面而来。"我的队友来了！"肯尼迪惊喜地叫道。

四条水龙头一齐射向肯尼迪和雪利，每分钟有1200加仑的凉水如瀑布般泼洒到他们身上，两人竟转而因体温迅速降低剧烈颤抖起来。

"我们派一个人进来救你。"一个消防队员朝肯尼迪喊道。

"不，"他坚决地说，"我必须和她在一起，我发过誓的。"

随救护车赶来的军医格兰特·彭尼波特戴上钢盔，穿上防护服，冒险冲了进去。他爬到肯尼迪和雪利眼前，却对他们的处境束手无策。他于是退出来，用无线电向等候在米德尔莫医院的外伤救护人员发报："准备抢救一名严重烧伤和下肢压损、骨折的病人。"

肯尼迪不停地同雪利说话，好使她保持神志清醒。"你爱看什么电视节目？"他问。他们开始谈论她喜欢的节目。雪利想："这个人真勇敢，他本来完全可以逃出去的。"

她时而忍不住发出呻吟。肯尼迪安慰说："想叫你就叫吧，叫出来好受些。"她痛得无法控制，大声叫了起来，用手使劲扯满头的浓发，但她始终没掉眼泪。

水柱的喷洒中断了片刻，火焰又扑了上来，等水柱再次射来时，肯尼迪惊恐地发现，雪利手腕的皮肉被压坏了好几层，只有少部分和手腕连着，而且，她显然已虚弱极了。

"你喜欢马吗？"他问，竭力让她继续开口。

"喜欢，可我从没骑过马。"

"等我们出去以后，我保证带你骑我女儿的马。"

肯尼迪一边谈，一边检查雪利的脉搏。她已经陷在这儿40分钟，她还能坚持多久呢？

突然，他感到雪利的脉搏变得异常，很快她闭上了眼。"雪利，和我说话！"他喊道。她强打精神，抬头看着他的眼睛，喃喃地说："要是我出不去了，告诉妈妈我爱她。"说完她的头无力地垂在他的胳膊上。

"她生命危险！"他向外喊道，"快扔给我一个复苏器！"他接住队友扔进的复苏器，戴在她脸上，给她输进氧气。她又睁开了眼。

"你要亲口告诉你妈妈你爱她，"他责备地说，"我保证过我不会离开你，现在你也不要离开我！"

救护队带来了气压袋，用来顶起拖车。气压袋是用橡胶做的，并有钢材加固，可将一节火车车厢升起两英尺，这足以让车下的女孩脱生。他们把气压袋塞到拖车的两个后轮下，然后朝里面充气，但车下的泥土已被水泡胀，有个气压袋陷进了土里。队员们又在底盘下塞进个水力夯锤，才终于将拖车渐渐升起。

肯尼迪轻轻地把雪利的双腿挪出车轮，那双腿已被压得血肉模糊，在他手中托着如肉冻一般，紧接着他把她整个儿抱了出来。

"这下我们自由了！"肯尼迪抱着她走向担架，见她脸上浮现出微弱的笑容，他吻了吻她的脸说："你终于挺过来了，雪利。"此时，他自己也被油烟和冷水弄得很虚弱了，一下站立不稳，倒进了另一名消防队员的怀里。

消防队员开始向油罐车喷洒泡沫灭火剂。几分钟后，火焰全熄灭了。

肯尼迪的队长约翰•海兰翌日清晨查看事故现场时，看见了一幕令他终身难忘的场景：在长达70码的一段路面上，柏油全被火焰熔化了，有一片地域熔化深度达6英寸，底层的砾石全裸露了出来，但其间却有块餐桌大小的地方损伤很小，连路面的车道线也保存了下来，这正是雪利躺过的地方。

米德尔莫医院的医生对雪利做了全力抢救，但她伤情很严重。"她仍然有生命危险。"医生对她的亲人说。

整整两个星期，雪利处于严密监护之下。她嘴上戴着人工呼吸器，不能与旁人讲话，第四天早上她醒来时，她写了一个字条："我爱你，妈妈。"次日护士把坐着轮椅的盖伦推进雪利的病房，母女俩流下了幸福的热泪。

尽管医院有一条不成文的规定，消防队员不能去看望他们救出的伤员，但肯尼迪仍常去雪利的病房。他吃她的巧克力，同她开玩笑。"这孩子太爱闹。"他在她的病历上写道。

"这是个奇迹般的姑娘，"肯尼迪说，"谁也想象不出她是怎样活下来的。"

但雪利自己知道："我有个保护天使，他一直守护着我。"

圣诞节前夕，雪利伤愈出院。四个星期以后，肯尼迪实践了他的诺言，在一个风和日丽的日子，他牵来女儿的马，带雪利出去骑马游玩。

感恩提示

科尔顿曾经说过："最牢固的友谊是共患难中结成的，正如生铁只有在烈火中才能锤炼成钢一样。"这个世上有一种人，不是你的亲人，却好像亲人那样在你最孤独的时候陪伴在你的身旁，在你最无助的时候会紧紧握住你的双手，这种人就是你们的朋友，真正的朋友。

文章中的"肯尼迪"便是"雪利"真正的朋友，在汽车极可能爆炸的情况下，在面对可能同时失去生命的情况下，他没有离开她；在"雪利"与死神搏斗的时候，他依然没有离开她。朋友是什么，朋友就是用生命去守护着你的那个天使，就是把自己的命运与你的命运紧紧相连的那个人。

知道彩虹为什么总要出现在风雨之后吗？因为太阳的光芒只有在经历过风雨的洗礼后才能折射出它最美丽的光亮。友情也是如此，在血与火的考验中，彼此之间的情谊也更显得珍贵。真的关心、爱你的那个人，不是常常把鲜花送到你的面前的那个人，也不是常常在你耳边说一些自己所喜欢的话语的那些人，而是当危险与困难到来的时候能与你一起去面对，一起去承担的那个人。这种人才是值得你用一辈子去珍惜的朋友。　　　　　　　　（黄　棋）

原来世界上最冷的冰川，就藏在自己的心里，而只要陌生人的一束纯挚温情，就足以令其融化。

给我温暖的陌生人

◆奔流星

每到冬天的时候，我就会想起另一个冰天雪地里的一位陌生人，想起那年-30℃的绝境里，他给予我的拯救和温暖。

那年独自出游，是因为被诊断有轻度的躁郁症，而旅行是医生建议的一种积极治疗的方法。家族中每一代都有青年自杀或是精神失常的阴影笼罩着我，使我原本失衡的神志更加糟糕，我焦虑并伴随明显的强迫倾向。可我渴求内心的平衡，想与这个家族的悲剧命运抗衡。我渴望自己先天不那么坚强的心能摆脱灾难性的紧张和毁灭。

而当时我怀抱的信仰，只剩大自然。

所以，虽然王师傅一再警告我，大雪封山非常危险，我仍一意孤行。

王师傅是我的司机，我们一直在为此事争执。他企图劝服我放弃这个冲动而危险的计划，却总是被我激烈地打断。我固执而不可理喻，而且不相信人。王师傅说："小姑娘，已经封山了，绑了防滑链也不一定能进去。万一出什么事，是叫天天不应叫地地不灵啊！"这个我知道，进山就是盲区高寒稀氧，风险当然会有。王师傅又说："我去给你请个高山向导吧。本来我可以陪你，可是不巧感冒了。现在年纪大了，也不太敢上了。"我回绝了。请向导费用太高，况且我认为没必要。

　　王师傅看上去是敦厚的,不善言辞,可是由于他一再拦阻,使我很不快。我甚至认为他突出困难是为了加价。否则,一个司机何必对顾客考虑那么多呢?

　　于是我发出最后通牒,他若不去,我一样可以包到其他的车,我们可以提前中止合作。

　　他叹息一声,服从了。

　　我们达成了这桩买卖。我要去的地方冰舌部位海拔 4300 米,冰峰海拔 5150 米,冰层平均厚度 78 米。一路上,王师傅看上去忧心忡忡。他告诉我车只能上到 3700 米,我将独自完成剩下的攀爬。他担心我有高原反应,也忧虑我孤身一人的处境,可我浑不在意。

　　次日清晨出发,他给我带了防寒服,还有苹果和馕。我道了谢,但是未接受,我自己有全套的高山装备,10 点半车到山下,我拿了瓶水就独自走了,没有背包还忘了戴雪镜。我独自走了,甩下我的司机。我想我们之间稀薄的交情大概已经随着这一路的缄默和我的冥顽而消失殆尽了吧。

　　那瓶水拿在手里没多久就结了冰。我一个人走,相当盲目。走了整整一小时才看到冰山,而从看到到抵达,又花了一个半小时。我大脑一片空白,眼睛因为强光而流出眼泪,泪水迅速在睫毛上结冰。终于踏上冰川的瞬间,有种模糊而迟钝的高兴。冰川泛着玻璃的介质,光滑而柔润。

　　我坐到一个冰裂缝旁,昏昏欲睡。十几分钟后意识突然惊醒,想起在高寒稀氧地带千万不能睡着,我费力攀上了碎石坡,紧接着开始感觉不舒服。

　　我感到胸闷、头晕,肢体失去平衡。时间是下午两点半,因为没有海拔表,所以不知道具体到达的高度。我预备下撤,但是力不从心,我惊恐地意识到可能撑不到山下。因为至少需要两个半小时才能下撤到停车的地方,我能熬过这漫长的 150 分钟吗?一种从未体会过的求生意识强烈地冲击着我。在面临死亡的一瞬间,我终于意识到自己是多么渴望生存!我想起了山下王师傅的百般劝阻和叹息,想到了千山万水外的家人,想到了自己刚刚开始的年轻生命。

　　在海拔 5000 米的雪山,我懂得了懊悔。我预备竭尽全力去争取生机,即使不能抵达,那就算我为自己的一意孤行付出的代价吧!

　　就在这时,我看到了我的司机王师傅。

　　山风把他的黑棉袄吹得变了形,他满面通红,焦急而紧张地向上攀登四处张望,在看见我的一瞬间高兴得大叫了出来。

他来接我了!

这是位年近六十的老人,正患着感冒(感冒是高海拔地区的危险病症);这是个素昧平生的陌生人,两天来忍受着我的固执和傲慢。可他,冒着生命危险,跋涉了近四小时,来接我!他什么都没说,只是递给我些饮料和食物,并且乐观地大声唱歌和说话,吸引我集中注意力。他陪同我一路下撤,并以父亲般的无私护卫我直至安全地带。

重又坐回到温暖的车里,我看着他的背影,却突然无语了。我想起来,他说过开车是挣钱,但挣钱要挣得安心,把我带进来就要把我平安带出去。可是当时我竟只是毫不信任地敷衍一笑!可他终于用行为修正了我的看法,拯救了我的生命。

真的无法表达那种绝境逢生的感受。回程时我高原反应仍很重,一阵阵地发冷、恶心,但毕竟得救了,无论是心灵还是生命!

原来世界上最冷的冰川,就藏在自己的心里,而只要陌生人的一束纯挚温情,就足以令其融化。

感恩提示

有一种关怀,它可以融雪破冰;有一种呵护,它能让生命之花烂漫无比。

文章有一种无形的震撼力,给读者留下许多沉思的空间。由于种种原因,"我"内心极度抑郁,烦躁不安、不愿相信他人,当时"怀抱的信仰,只剩大自然"。"我"似乎有投身大自然、逃避世俗的想法,显得十分固执任性,不顾危险,执意要进入大雪封山后的高原地区。为"我"开车的王师傅极力劝阻,可"我"还是一意孤行,最终在回程时遭遇困境。正当"我"开始绝望的时候,王师傅出现了,他救了"我"。王师傅已经年近60岁了,并且患有感冒,这在高原地区是很危险的。也就是说王师傅不顾自身的安全,却只是为了救"我"这么一个陌生人,一个性格怪僻、一再误会他的好意的陌生女孩。

这一幕令我们感动。为在这个日渐冷漠的现实社会中,还有如此纯粹的温情而感动。在城市钢筋水泥的分割下,人们比邻而居,却是老死不相往来,这时候,需要"陌生人的一束纯挚温情"去融化人性的冷漠与麻木。

朋友,请轻轻地,拥抱温情,让爱在你美好的心灵里无限传递。

(赵拓坤)

> 友谊的价值是不可以衡量的,不要以为它可以等于一英镑,更不要认为它只值一万英镑,它没有定价,它存在于你心中,是你一生的无价之宝。

一英镑的爱心

◆[英]西·哈尔

安格是个英俊的小伙子,唯一遗憾的是他很穷。

这些日子,小伙子很苦恼。他与娜拉姑娘热恋着,并要娶她,可是她父亲非常强硬,说没有一万英镑别想娶他女儿。

这天,他到好友阿兰家。阿兰是个画家,安格走进了阿兰的画室,见阿兰正给一个老乞丐画像。那乞丐站在一个台阶上,衣衫褴褛、一脸辛酸,他穿着一件千疮百孔的外套,脚上是双旧靴子;一手拄拐,一手拿着乞讨用的破礼帽。

安格说:"可怜的老人!你看他的神情多迷茫。对你们画家来说,他这张脸是罕见的。"

阿兰说:"当然,你没见过哪个乞丐是笑哈哈的吧?"

安格问:"他给你当模特能挣多少钱?"

阿兰说:"每小时一先令。"

安格又问:"那你这幅画能卖多少钱。"

阿兰说:"哦,有人出了 2000 英镑。"

安格有些不满:"这么说,那模特得的太少了,他工作得比你还卖力。"

这时,仆人进来,告诉阿兰有人找他。

阿兰出了门，那老乞丐找了张椅子坐下。乞丐一脸的忧伤让安格感到不安，他把手伸进口袋里，里面只有一英镑整票和一些零钱。他想："可怜的老人，他一定需要钱，可这两个星期我也只有这些钱。"安格把那一英镑钞票放进老人搁在台阶上的破礼帽里。老人见状从椅子上站了起来，微笑着说："先生，谢谢你。"

　　等阿兰回来，安格已经离开了画室。剩下的一整天，他都和娜拉在一起，两人都为只能帮助那老乞丐一英镑而觉得遗憾。

　　晚上，安格又见到了阿兰。安格问："老乞丐画完了？"

　　阿兰说："画完成了，也送走了。你今天见到的那个模特非常喜欢你，我对他说了关于你的一切。那老头儿还对你的婚事很感兴趣。"

　　安格笑笑："你不该把我的私事也告诉他。"

　　阿兰说："他已经对你那位残酷的岳父和那一万英镑的事知道得一清二楚。"

　　安格怪阿兰："以后不要把我的私事随便告诉别人！"

　　阿兰说："你别激动，你真以为那个老乞丐是要饭的，他实际上是欧洲首富。如果他愿意，他明天就可以买下整个伦敦。"

　　安格笑了："你不是在开玩笑？"

　　阿兰："不是，那老头就是巴荣·豪斯勃格，他几乎买下了我所有的作品。一个星期前，他要求我给他画一幅乞丐型的肖像，这些富人往往有这种怪癖。"

　　安格惊讶了："巴荣·豪斯勃格，天哪，我向他那顶帽子扔了一英镑！你如果早点儿把他的身份告诉我，我就不会做傻事儿了。"

　　阿兰说："安格，我可从没想到你会那么随便地对待口袋里宝贵的英镑，我能想象你亲吻一位女模特，却怎么也想不出你会把钱给一个丑乞丐。还有，你进来时，我并不知道那位富翁是否愿意让你知道他的身份。"

　　安格叹道："我的天，他会怎么样看待我！"

　　阿兰说："你不用担心，他很高兴。你走后，他一直在笑，我开始还不明白是怎么回事呢。我觉得那一英镑，会给你带来好运气。"

　　安格说："什么运气，我才不信！"

　　阿兰说："这其实表现了你的善良和乐于助人。"

　　第二天一早，当安格正迷迷糊糊地吃早餐时，一位老绅士敲开了他的门。

递给他一个信封，说："巴荣先生让我把这个转交给你。"

信封上面写着："给安格先生和娜拉小姐的结婚礼物。"署名是"一个老乞丐"。

安格打开信封，里面是一张一万英镑的支票。

一星期后，安格和娜拉举行了婚礼，他们的证婚人是巴荣·豪斯勃格。

感恩提示

当你行走在马路上时，突然旁边伸来一双手，回头一看，是个乞丐，你会救助他吗？

人为了很多东西而活着，其中一样便是友情。友情是无私的，又是伟大的，一点一滴的真挚的友谊，既是对别人无私的给予，更是对自己价值的肯定。人之所以为人，不仅仅在于人有思想，而且在于人有着一颗互爱的心，对朋友的爱，对陌生人的爱。尽管你只能为别人做一点点力所能及的事，但对于别人却是一种温暖，是一种感动，是值得一辈子珍藏的事情。

友谊的价值是不可以衡量的，不要以为它可以等于一英镑，更不要认为它只值一万英镑，它没有定价，它存在于你心中，是你一生的无价之宝。

多献出你的一份爱心，也许生命中就能多一个真心的朋友，多一分幸运。地球也许并不会因为我们而停止转动，但生活却会因为我们而变得更为精彩和美丽。让我们伸出坦诚的友谊之手共同构筑一片蔚蓝的天空吧！　（杨自盛）

也许，在你困顿的时候，于千万人里，你也会遇到自己的"姐姐"。她和我姐姐的姓名定然一样，那就是——爱。

美丽的西服裙

◆庄　蝶

来到南方这座新兴城市，是为了爱情。我的男友早在 5 年前就来到了这里，然而，当我来时，他已成为别人的新郎。

最初的悲愤过后，我首先要面对的，不是已经残破的爱情，而是——生存。

我要应聘的工作是一份公司文员的职务。

去面试的那天，我准备好应聘需要的资料后，才突然发现，自己的衣着太不齐整了，一件皱皱巴巴的外套瑟缩在我身上，像一个贫病交加的乞儿。所以我不顾囊中羞涩，决绝地走进了一家小小的时装屋。

这座城市里的衣服价格都非常凶猛，像一把把大锤，把我砸进地底。在店主热情的推销声中，我恨不得贼一般立即逃出去。但为了工作，我还是站住了脚，并且对一件灰色西服套裙谨慎地表示了兴趣。时装屋的女老板立即热情洋溢地取下了它并不由分说地给我换上，然后对我赞叹不已。我也被试衣镜里的自己给迷住了。我相信，如果我穿着这件富有职业色彩的裙子应聘的话，那份工作百分之九十九将属于我。

可是，我该怎样才能得到这件西服套裙呢？照价付款是不行的，就是价格砍掉一半也不行。这样，就是得到了那份工作，在开始的一个月里，我也非饿死不可。

我转过身，看着女老板的眼睛，一字一顿地说明了自己的困境。我说："我有身份证，我可以把它抵押给您，应聘结束后即原物奉还。当然，我会给您租借费的。您开个价吧。"

女老板愣住，打量了我老半天，缄口不言。显然，她还没有遇到过这种事；更重要的，是她该不该相信我。

我等着，一秒钟似乎比一年还长。就在我即将坚持不住、准备脱衣逃出这间时装屋时，女老板却点头了。她说："人在外面跑，谁能不遇个七灾八难的？妹子，这衣服你先穿，租借费什么的不要提了。"

我惊喜得不敢相信自己的耳朵，除了连声道谢我什么也不会说了。我手忙脚乱地取出身份证，恭恭敬敬地递到女老板面前，女老板摇头不接："这地方身份证是不能离身的，何况你去应聘，人家首先就要看你的身份证。你还是留下吧！"

我觉得自己的眼睛湿了，令人无法相信的奇迹发生在我身上！禁不住地，我竟有了向她跪下的冲动。

当然，我没有下跪，现代人已不习惯于这种礼仪。其实我意识中的跪，不是为一个人，更不是为一件衣服，而是为人性中极圣洁的那一部分。这个小小的奇迹，也挽救了我日趋阴暗日趋危险的心理。哲人说，当一个爱情对象消失于眼前时，会有更多的爱情对象出现于视线里。那么扩大一点就是，当小小的一己之爱破碎后，真正的人类大爱才会闪耀在爱情溃灭者的眼前！有了这种大爱，小小爱情的悲欢，又有什么看不开、放不下的呢？

我的应聘非常顺利。我相信，这与那件漂亮的西装套裙有关，更与我焕然一新的精神状态有关。

走出公司，我第一件事就是去还裙子。我要告诉女老板这个好消息，并要请她留下这裙子，等一个月后发了薪水，我就买下它收藏起来，作为人性大美的见证！

听了我的话，女老板很是替我高兴，但她却不肯收下裙子。她说："你既然打算买它，那还有必要让我替你保管吗？穿着吧！你总不能老穿着旧衣服上班吧？钱不是问题，什么时候有了什么时候给。你应聘的事八字没一撇时我都敢把衣服借给你，现在你板上钉钉要有钱了，我还会反而对你不放心吗？"我的泪水又出来了，感动地拥住她，哽咽地叫了一声："姐姐……"

也许，在你困顿的时候，于千万人里，你也会遇到自己的"姐姐"。她和我姐姐的姓名定然一样，那就是——爱。

在你的生命中,是否有人送过你"美丽的西服裙"?

《美丽的西服裙》一文里,作者面临着生活的困境,急需找到一份工作来维持生活,无奈衣衫寒碜,需要一件得体的衣服。时装店主给予了作者无私的帮助,如雪中送炭帮助作者走出了人生困境。如果店主不信任作者,而将作者驱出门外,作者的境遇将如何呢?伸出友谊之手是需要勇气的,更需要相互的信任,店主能够以一种豁达的情怀去帮助一个处于生活困境的人,这一份爱心令人感动不已!

友情是沙漠中的一滴水,在你最需要的时候,朋友会给予你最大的希望。友情,可以使你横跨不可逾越的江河。友情,是你生命中不可缺少的一部分。将自己的爱心给予他人,是非常必要的。不仅要爱亲人,还要爱朋友,爱你周围的人,你小小的爱,将有可能是他人一辈子的财富!我们应该把充满友好的双手毫不吝啬地伸向需要帮助的人,让这个世界都充满爱心和希望,让这个世界变得更加温馨和美好!

(杨自盛)

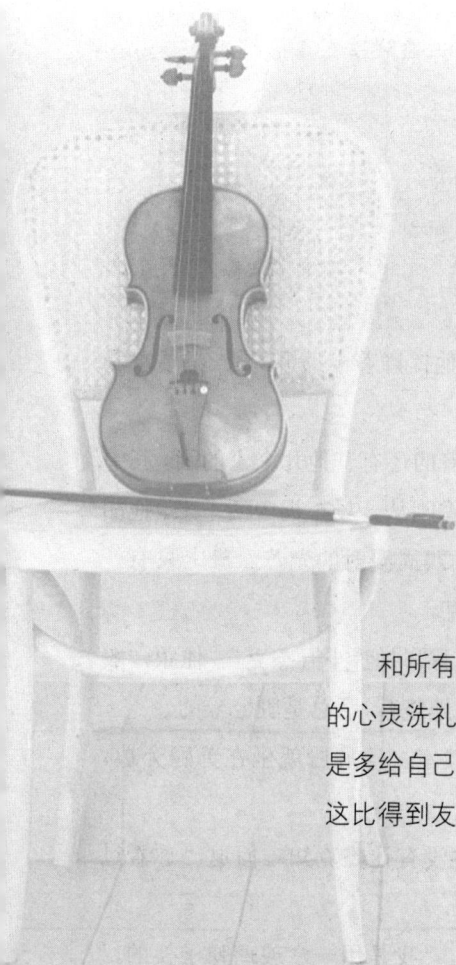

宽容的友情

　　和所有人类的高尚情感一样，友情也会给我们以真善美的心灵洗礼。善待朋友，并不是在做获得更大回报的投资，恰是多给自己一份灵魂的美丽，给我们的生命多赋予一重深意，这比得到友爱给我们回馈的任何惊喜更重要，更有价值。

惭愧的是自己的自私，而欢乐的是杰克送她的礼物，那是他最心爱的东西——"原子弹套环"。苏姗抬起头来，看到杰克正羞怯地笑着看她。

小丑杰克的礼物

◆张若愚

书桌上画中的圣诞老人正朝着苏姗微笑。他挥舞着一只手，另一只手拿着一大包玩具。这是苏姗的作品。

老师将苏姗的画挂在记事板上面。一排挂着的还有其他几个人的画。其中的一幅画让苏姗睁大了眼睛。那个圣诞老人好像刚从一场车祸中活下来。他胡子挂在耳朵上摇摇晃晃，帽子掉了，头被画上了四周漫射的光芒。班上只有一个人敢将圣诞老人画成这副德行，那只能是杰克。

杰克是学校里最不讨人喜欢的学生，同学们都叫他"小丑杰克"。他跟一般的学生不一样，穿的衣服补着补丁，头发乱蓬蓬地竖着，手总是脏兮兮的。

那天早上，杰克愣头愣脑地从走廊跑进教室，一屁股就坐在苏姗旁边。"嘿，苏姗，"他说，"想不想看我的弹弓？"

苏姗仍将心思放在书上。她冰冷的态度并没有让杰克知难而退，"你看过我的'原子弹套环'了吗？"他说着，咧嘴笑起来。

他张开手指，露出一个小小的生锈的铜环。"我是用一盒玻璃弹子换的，"他说，"拉住环，用力一甩，它能发出像原子弹爆炸一样的闪光。"在当年这种会发光的玩具是相当稀罕的。苏姗早知道这个原子弹套环。因为杰克没完没了地向别人炫耀。

杰克给苏姗细看他的宝物，然后演示闪光效果，苏姗吓得闭上了眼睛。

"我不稀罕你的什么破玩意儿。"苏珊说,又转回头去看书,她不想与小丑杰克打任何交道。

到了圣诞节那天,苏珊与同学们布置了秘密圣诞舞会。老师在纸片上分别写上了所有孩子的名字,放在鞋盒子里。无论抽着哪个孩子的名字,抽到谁就和谁互送一件圣诞礼物。

苏珊看着老师抱着盒子在一排排桌前走着。她还从没有买过礼物送人,但她跃跃欲试。老师来到她桌前,苏珊闭上眼睛,将手伸进盒子里,"上帝呀,请让我抽到我的好朋友。"她感觉此时祈祷很重要,可她打开字条睁眼一看时,下巴差点掉下来。杰克!小丑杰克!

苏珊耷拉着头从校车站走回家,真是不公平。杰克,他那身脏衣服,断蜡笔,还有他的弹弓。自己怎么可能给这样的孩子送礼物?天知道杰克会喜欢什么?

苏珊极不情愿地在礼品店里转着,她想起了杰克画的怪怪的圣诞老人与他的断蜡笔,于是随便买了一盒蜡笔,便回家去了。

到了舞会那天,苏珊把自己的礼物放到教室圣诞树下的礼品堆里。

老师开始发礼物。杰克拿到了他的礼物,连多看一眼都没有,便撕开了漂亮的包装纸,将蜡笔倒出来。也没看苏珊一眼,就抽出一张纸开始涂色。苏珊知道他会这样,不会说一声感谢的话,不懂礼物的意义。

很快所有的礼物都送完了。在苏珊周围,同学们都展示着彩色图书、闪光的枪与各种娃娃,苏珊呆望着自己的桌子上空空如也,眼泪一下子就涌了上来,每一个人都有礼物,除了她。粗心的杰克是不会在乎这事的,苏珊垮了。这时,老师的胳膊搂住了她。

"苏珊,"她说,"我们在树后找到了这个,直到每个礼物都送出后,我们才看到它。"

老师拿出一个圆球状的小包,用笔记本纸包着,上面有苏珊的名字。后面写着:"杰克送。"

苏珊拿着这个纸包,看了一眼那个正伏在桌子上忙着上色的脏兮兮男孩。杰克能给自己送什么呢?苏珊慢慢打开纸包,当她看清里面是什么礼物时,她的心中混合着一种惭愧与奇怪的欢乐。惭愧的是自己的自私,而欢乐的是杰克送她的礼物,那是他最心爱的东西——"原子弹套环"。苏珊抬起头来,看到杰克正羞怯地笑着看她。

苏姗想,这个是她今年得到的最贵重的礼物。

送给别人急需的礼物,是让人感动的;能将自己最心爱的东西赠送给别人,则更是难能可贵的。

杰克不是一个让人特别喜欢的孩子,他有着这样那样的毛病和坏习惯,有时候甚至让人到了无法忍受的程度。可就是这样一个似乎浑身都是毛病的人,却有着一颗让人惊叹的心灵。他把他的朋友当做整个世界,他把他的友谊看得珍贵无比,他把送给对方的礼物当做自己最重要的事情,他把他最心爱的东西送给了他的朋友。这份割舍所产生的意义可想而知,那是最令他骄傲的玩具,是他可以到处炫耀的资本,甚至在梦中想到这个玩具都会让他的嘴角爬上淡淡的笑意。可再好的玩具,也比不上和苏姗的友谊,为了能够让朋友开心,杰克义无反顾地将自己最心爱的玩具赠送给了对方。杰克的心单纯而明净,让人感叹不已!

把我最好的送给你,因为你是我心中永远无法替代的好朋友!这份对友谊的重视和珍惜,怎能不让我们怦然心动?

(王 磊)

我如释重负地呼出一口气,心里顿时轻松了许多。"不过好朋友是会帮她最好的朋友扫地的!"我一边说一边抓起一把扫帚。

好 朋 友

◆ [美]苏珊娜·海斯 李荷卿/编译

我有一个大缺点。我无法守住秘密。同学们都叫我"大嘴巴"。

一天，我们班新转来一个小女孩。她叫玛丽。吃午餐的时候，同学们都围在玛丽周围，唧唧喳喳地问长问短。

我对玛丽也很好奇，也想多知道一些关于她的事，吃过午饭后，我的机会终于来了。在上美术课的时候，我不小心把颜料弄得满手都是，美术老师让我去洗手间把手洗干净。

我走进洗手间，看到玛丽正一个人坐在里面哭泣。

"你怎么了？"我关心地问玛丽，很高兴自己有机会帮助她。

"我想我的老朋友和我以前的学校了，"玛丽难过地回答，"我在这里没有朋友。"

我胆怯地伸出胳膊搂住玛丽："我愿意成为你的朋友。"我惴惴不安地说，生怕被她拒绝。玛丽露出一丝微笑，说道："好的。请不要把我哭的事情告诉别人。"玛丽想让我保守一个秘密！她不知道我是一个大嘴巴。

"我不会告诉别人的。"我保证道。这一次，我一定要守住这个秘密，给玛丽留一个好印象，我在心里暗暗地发誓。

当我们走进教室的时候，同学们都抬起头来看着我们。"没什么事吧？"美术老师问道。

我快乐地笑了笑，瞥了玛丽一眼，看到她的脸红红的。"没事，老师。"我连忙说道，"我和玛丽刚才在洗手上的颜料。"

"谢谢你没有告诉别人。"下课后，玛丽低声对我说。

"我会为你保守秘密的，你放心。"我也低声说。

不久以后，我和玛丽就成了形影不离的好朋友。

一天放学后，我们俩走到史密斯先生的糖果店。

看到架子上摆满了各种各样的糖果，我馋得口水都快流下来了。

"你喜欢吃哪一种？"玛丽问我，我伸手指了指一包巧克力果仁。

"我也喜欢吃那个。"玛丽说。

我正在仔细地看着，心里盘算着等下次有钱的时候好来买。突然，玛丽一把抓起我的手："我们走吧。"到了外面很远，玛丽才停住脚步。"看！"她一边说一边从口袋里掏出一样东西。那是一包巧克力果仁。

我立刻惊讶得睁大了眼睛。"玛丽，这包糖你付钱了吗？"我惶恐地问。

玛丽顽皮地笑了笑。"没有。你别告诉人。"她说。玛丽又想让我替她保守秘密！

那天晚上，我躺在床上，翻来覆去，怎么也睡不着。我一直在为那个秘密担心。第二天早晨，当我们俩又一起去上学的时候，我几乎没有说话。

"怎么了？"玛丽问。

"你不应该拿那包糖，"我回答，"如果我为你保守秘密，那就好像是我在帮你偷东西。"

"你要告诉别人吗？"玛丽问我。我摇了摇头。我不会告诉别人，但是如果和玛丽做朋友就意味着替她保守这样可怕的秘密的话，那我不知道自己还愿不愿意和她做朋友了。

那天下午放学后，我没有看到玛丽。走到那家糖果店的时候，我看到玛丽在里面。玛丽的手里拿着一把扫帚。

"你在这里干什么？"我奇怪地问。

"我在为那包糖埋单，"玛丽微笑着说，"史密斯先生说既然我没钱为我昨天偷的那包糖付账，那我可以帮他干活来抵账。"

我更奇怪了。"你为什么要把你拿糖的事告诉史密斯先生呢？"我问。

"你今天早晨对我说的话很有道理，我已经仔细考虑过了，"玛丽回答，"你是一个好朋友，肯替我保守秘密，我也想当一个好朋友。好朋友是不会要求别人帮自己偷东西的。"

我如释重负地呼出一口气，心里顿时轻松了许多。"不过好朋友是会帮她最好的朋友扫地的！"我一边说一边抓起一把扫帚。

玛丽开心地笑了。于是，我们俩一起埋头扫起地来。

感恩提示

对朋友的爱分很多种，一种是盲目的爱，一种是负责的爱。盲目的爱就是不顾一切，只要对方说好，我就说好，毫无是非观念的爱，这样的爱其实是一种害，因为你会让你的朋友在歧路上越走越远，最后走上一条不归路；负责的爱是慎重的爱，我爱我的朋友，但不会一切盲从于他，我会时刻监督着他，督促他做好事，从而健康地成长。

如果你真的爱你的朋友，并且珍视你们的友谊，那么请不要选择盲目的

128

爱,因为这样不仅不会对他有任何的帮助,而且还会害了他。为朋友负责,让朋友在正确的道路上一直走下去,这才是我们最应该做的事情。

选择一份负责的爱吧! 让你的朋友和你一起远离那些不该沾染的坏习惯,从而可以无忧无虑地在光明大道上大踏步地前进。

如果你选择了这样一份负责的爱,那你就是一个真正懂得友谊的人。

(王 磊)

不论你多么坚强,多有成就,仍然要靠你和别人的关系,才能够保持你的重要性。

重修旧好

◆[美]爱德华·齐格勒

与一个旧友的交往淡了下来。本来大家来往密切,却为一桩误会而心存芥蒂,由于自尊心作祟,我始终没有打电话给他。

多年来我目睹过不少友谊褪色——有些出于误会,有些因为志趣各异,还有些是关山阻隔。随着人的逐渐成长,这显然是无可避免的。

有一天我去看另一个朋友,他是牧师,长期为人解决疑难问题。我们谈到今天的友谊看来多么脆弱。

"人与人之间的关系非常奥妙," 他两眼凝视窗外青葱的山岭,"有些历史经久不衰,有些缘尽而散。"

他指着临近的农场慢慢说道:"那里本来是一个大谷仓,是一座原本相当大的建筑物的地基。那座建筑物本来很坚固,但是,没有人定期整理谷仓。有一天刮大风,整座谷仓都被吹得颤动起来。开始时'嘎嘎'作响,然后是一阵爆裂的声音。最后是一声震天的轰隆巨响,刹那间,它变成了一堆废墟。

"风暴过后,我走下去一看,那些美丽的旧橡木仍然非常结实。我问那里的主人是怎么回事。他说是雨水渗进连接榫头的木钉孔里。木钉腐烂了,就无法再把巨梁连接起来。"

我的朋友说他不断地想着这件事,终于悟出了一个道理:不论你多么坚强,多有成就,仍然要靠你和别人的关系,才能够保持你的重要性。

"要有健全的生命,既能为别人服务,又能发挥你的潜力,"他说,"就要记着,无论多大力量,都要靠与别人互相扶持,才能持久。自行其道只会垮下来。"

"友情是需要照顾的。"他说,"像谷仓的顶一样。想写而没有写的信,想说而没有说的感谢,背弃别人的信任,没有和解的争执——这些都像是渗进木钉里的雨水,削弱了木梁之间的联系。"

我的朋友摇摇头不无深情地说:"这座本来是好好的谷仓,只需花很少工夫就能修好。现在也许永远不会重建了。"

黄昏的时候,我准备告辞。

"你不想借用我的电话吗?"他问。

"当然,"我说,"我正想开口。"

感恩提示

感恩是一缕春风,在你心烦意乱的时候,拂去盖在你心头的阴影。

感恩是一线阳光,在你寻寻觅觅、冷冷清清的时候,还你一片灿烂的天地。

感恩是一杯绿茶,在余香袅袅中,使你心平气和,气定神闲。

正如分久必合,合久必分,友谊有时也是如此。在生活的摩擦中,误会难免会像影子那样,在有阳光的地方就冒出来。那么,面对误会,面对友谊的芥蒂,我们该怎么办呢?我相信,只要我们拥有感恩的心,就能让这些芥蒂灰飞烟灭,因为,当夜深人静之际,回想起在一起书生意气,指点江山,挥斥方遒的豪迈,想到一起闲庭信步的难得,忆起一齐挑灯夜读的刻苦,难道,你不会感谢天、感谢地,让你拥有这个永世难忘的伙伴吗?

感恩的心,不仅是修复友谊的最佳药剂,同时,它也是我们生活中的一盏明灯。只要人人都献出一份爱,世界将变成美好的人间;同样,只要人人都怀有感恩之心,人间也必将是美好的世界。

(殷兆伟)

彭斯先生，她试图给予帮助的一个人，反倒在无形中帮助了她，用他敏锐的眼睛和善良的心。

高尚的欺骗

◆[英]西·汤姆斯

18岁那年，汤姆斯离开故乡前往英国约克郡的利兹大学学历史。

汤姆斯住在寄宿公寓中，为了装饰宿舍，周末她到市场选购了一束色彩艳丽的鲜花。这时，她瞥见一位老先生，他顾得了拄拐杖，却顾不了拿刚买的苹果。汤姆斯赶紧跑过去替他抓牢苹果，好让他站稳身子。

"姑娘，谢谢你！"他说，"放心吧，我这下没问题啦。"他说话的时候，嘴角挂着微笑，眼中满是慈祥。

"我能跟您一块走吗？"汤姆斯问，"我没别的意思，就是害怕苹果掉在地上。"

他答应了汤姆斯的请求，问："姑娘，你从美国来，对吗？"

"对，美国纽约是我的老家。"

就这样，汤姆斯认识了彭斯先生。他的笑容和热情给她留下了很深的印象。

汤姆斯陪着彭斯先生非常吃力地走着，他的身体几乎全凭拐杖支撑，好不容易他们才走到他家。汤姆斯帮他把大包小袋放在桌子上，并一再要求给他准备晚饭。见她如此热情，彭斯先生同意了。

晚饭做好后，汤姆斯问彭斯先生能否再来他家。她打算经常去拜访他，看看他需要她干些什么。彭斯先生乐得合不拢嘴，说："我巴不得你天天来呢。"

第二天，汤姆斯真的又去了，差不多在同一时间，这样，至少她可以帮他做晚饭。虽然彭斯先生从不求人为他排忧解难，但他的拐杖足以证明他年老体衰，何况他乐于接受别人的帮助。当天晚上，他们第一次推心置腹地谈了好长时间。彭斯先生详细询问了她的学习情况，汤姆斯告诉他自己父亲刚去世，但没有让他知道自己和父亲的关系究竟怎么样。听罢她的讲述，他示意她看一下桌上两幅镶了黑框的照片。照片上是两个不同的女人，一个比另一个年纪大多了，但她们的长相跟孪生姐妹似的。

"恐怕你已经猜出了，那是我妻子玛丽，她6年前死了。旁边是我的女儿艾莉斯，她也死了，而且是在玛丽之前。真可谓祸不单行啊！"

汤姆斯每周去拜访彭斯先生两次，总是在一样的日子，一样的时间。汤姆斯每次去看他的时候，都发现他坐在椅子上，墙角竖着他的拐杖。他每次见到汤姆斯，都高兴得像走失的孩子见到母亲。她对他说自己能助他一臂之力，心里甜滋滋的，但更令她欣慰的是，她终于碰上一个愿意分享她的喜怒哀乐，愿意听她倾诉衷肠的人。

汤姆斯一边做晚饭，一边和彭斯先生交谈。她告诉他，父亲去世的前两周她还在跟他生气，为此她万分内疚，她永远失去了请父亲谅解的机会。

在交谈过程中，彭斯先生用耳大大多于用口，通常是汤姆斯在说话。不过，汤姆斯的话他都听得津津有味，仿佛在阅读一本令人陶醉的书。

后来，汤姆斯因故离开约克郡一段时间。一个月后的一个假日她去看望彭斯先生，考虑到他俩已是知心朋友，所以她懒得电话预约便上路了。来到他家的时候，汤姆斯发现他正在花园干活，手脚甚为利索。此情此景使她呆若木鸡。难道这真是拄拐杖的那位老人吗？

他突然朝汤姆斯看过来。不言而喻，他知道她对他的变化十分纳闷儿。他向她挥挥手，让她走近他，样子难堪极了。她什么也没说，走进花园。

"姑娘，今天我来沏茶。你太辛苦了。"

"这是怎么回事？"汤姆斯说，"我以为……"

"姑娘，你的意思我明白。那天去市场之前，我的一只脚扭伤了。我在整理花园时，不幸撞到一块石头上，唉，我这个人总是笨手笨脚的。"

"可是，你从什么时候又能正常行走了？"

彭斯先生的表情很复杂，他说："应该说就从咱们初次见面的第二天开始。"

"那你为什么不早说呢？"汤姆斯问道。不管怎么讲，那些日子他总不至于故意装出一副可怜相，骗汤姆斯隔三差五给他做晚饭吧。

"姑娘，你第二次来看我的时候，我注意到你特别悲伤，为你的父亲，也为所有遭遇厄运的人们。当时我想，这个姑娘可以在一个长辈的肩上靠一靠。然而，我清楚你一直觉得你是为了我，而不是为了自己才来看我。我敢保证，如果你知道我身体恢复的话，你就不会再来看我了。我知道你急需一个能够敞开心扉同你说话的人，一个年龄比你大，甚至比你父亲还大的人。而且，这个人懂得如何倾听他人的心声。"

"那你要拐杖干什么？"

"噢，我的拐杖可立了大功。在荒郊野外散步时，它是我的护身武器。"

汤姆斯如梦初醒。彭斯先生，她试图给予帮助的一个人，反倒在无形中帮助了她，用他敏锐的眼睛和善良的心。

感恩提示

欺骗，在人们的普通意识形态中一直认为不是一种高尚的行为。欺骗犹如一个十恶不赦的罪犯，受到道德的谴责和人们的排斥。但是《高尚的欺骗》却向我们展示了一种与以往的欺骗完全不同的内涵。

汤姆斯怎么也没想到，一个她试图用自己不太宽大的双手给予帮助的老人，却一直在幕后默默地帮助着她。老人为了开导处于忧郁心境中的汤姆斯，利用自己的身体不适为借口让汤姆斯不停地为他做饭与他聊天。至此我们看到了汤姆斯善良的心灵与老人彭斯先生高尚的人格魅力，看到了两颗至真至诚的心越过年龄的界限碰撞在一起擦出的善良的火花。在这样一种"欺骗"中，我们看不到半点儿虚伪与奸诈，看到的是感人至深的善良与理解。每次交谈老人总愿意充当忠实的倾听者，分享着汤姆斯的喜怒哀乐以及生活中的一切。两个原本陌生的人因为彼此善良的心走在一起，谱写着一曲温暖动人的乐章。

聆听是一种爱心的传播方式，聆听者是美丽的！在朋友失落的时候默默地陪伴在他们身边，倾听他们的惆怅与感伤，那是何等的幸福！学会聆听，学会以一颗真挚的心对待身边的人和事！

（毛志霞）

读着辛普森的《感受空旷》和一封封情真意切的来信,耶茨又一次流下了热泪。朋友的良苦用心,怎不让他感动至深?

为朋友写书正名的登山家

◆王 飙

乔伊·辛普森是一个因登山而致残的登山爱好者,他并不是一个文学爱好者,但是,为了洗清朋友西蒙·耶茨因为自己而蒙受的难以辩解的冤屈,他决定要为朋友写一本书。

18年前,25岁的辛普森和21岁的耶茨相遇于英国北部城市设菲尔德登山俱乐部。由于对登山的至爱,两人很快就成了要好的朋友和配合默契的搭档。两人经常一起登山,世界上的很多高峰、险峰都留下了他们共同攀登的足迹。

1985年5月,辛普森、耶茨和俱乐部的另外两个人。组成了一个四人团,决定去攀登秘鲁安第斯山脉一座海拔4500英尺的山峰。在此之前,一些登山者也曾试图征服这座山峰,但最后都因为天气恶劣、山路过于险峻而退缩了。他们4人来到了峰下,在作最后的准备的时候,另外两人失去了登峰的勇气,辛普森和耶茨则义无反顾地选择了上山。虽然天气比他们预计的还要恶劣,但他们依然借助石缝打下一颗颗岩钉,在峭壁绝岩上一步步地前进,他们时常被风刮得像荡秋千般地在绝壁上飘着。最后,他们胜利了,终于到达了山顶。站在山顶上,他们笑得像一对天真的孩子。

他们在山顶作了短暂的停留,又小心翼翼地开始下山。俗话说"上山容易下山难"。下山途中,辛普森突然一脚踏空,身子失去了平衡,"嗖"的一声就从陡坡上滑了下去。下落的过程中,他的左腿膝盖骨被一块凸起的岩石撞得粉碎。关键时刻耶茨一手抓住了岩钉上的绳子,一手抓住辛普森系在腰间的绳子,迅速地控制住了辛普森的下落。

耶茨牢牢地抓着一头系在辛普森腰间一头连着自己的绳子，一步一步地下移。他们终于看到了希望:快到山脚了。此时,两个人又渴又饿,体力差不多都已耗尽。就在这时,耶茨突然感到系着辛普森的绳子剧烈地摇动起来。开始,耶茨想控制住绳子,可马上他就明白自己已经控制不了了。辛普森的下面是一道很深的山的裂缝,他直向裂缝滑下去,耶茨也被拉着滑下去,根本稳定不住脚步。这样下去,两个人都必死无疑。在决定生死的一瞬间,他迅速抽出小刀割断了牵着辛普森的绳子,辛普森掉了下去……

下山后,耶茨怀着悲痛和悔恨的心情,马上就到辛普森掉下去的那个裂缝处去找。然而,他在茫茫的大山中转了3天,也没能找到辛普森的身影。就在他放弃寻找准备打包离开的时候,突然听见在他们临时搭建的帐篷上方有叫声,他马上冲了出去,他看见了昏迷过去的辛普森。原来辛普森掉下裂缝时,被山崖上突出的山岩挡了几次,延缓了下降的速度,幸运的是他又落到了一堆很厚的积雪上,虽伤得不轻,但却躲过了一劫。清醒后,他忍着剧烈的疼痛朝前爬了几英里,直到耶茨听到他的呼救声。

辛普森虽然侥幸捡回了一条命,但这次事故却给他带来了严重的后遗症。两年之内,他在医院里做了5次手术,夜夜都被关节的疼痛折磨得睡不着觉。除此之外,他还经常心跳过速、呼吸急促、身体颤抖。这还不是最大的痛苦,最让他悲伤的是他这辈子再也不能登山了。

如果说辛普森的痛苦都是来自躯体,那么,加在耶茨身上的却是无法忍受的心灵的折磨。回到设菲尔德登山俱乐部后,没有人理他,人们都对他冷嘲热讽,说他是置朋友的生死于不顾的小人,没人叫他西蒙•耶茨,当面背后都称他是"割断绳子的人"。耶茨怎能忍受这样的耻辱呢?他想解释,然而,没有人愿意听。他在日记中曾写道:"人们总是带着鄙视的眼光看我,在他们的眼中,我是一个不折不扣的坏人。我受不了,受不了啊!"

在这样的情绪下,耶茨带着极度痛苦的心灵,放弃了他酷爱的登山,搬到一个小村庄,过起了隐居的生活。他不敢见熟人,他害怕那种让他心灵颤抖的目光。

辛普森出院以后,到设菲尔德登山俱乐部来找耶茨,才知道发生的一切。他试图告诉人们:"在当时的情况之下,耶茨的选择可以说是最明智之举,我滑向深深的裂缝时,他为什么要做不必要的牺牲呢？"然而,没有人听他的解释。

辛普森来到耶茨的隐居地,对他说:"我已经没有登山的条件了,但我还是热爱着这项运动。我不希望一个和我同样热爱登山,而且有攀登高峰勇气的人因为我的缘故而放弃登山。"耶茨流着泪紧握着辛普森的手说:"对于你的理解和宽容的胸怀,我深深地感动,并向你说一声谢谢！可是,人们愿意理解我在当时的情况下所作的选择吗？"

辛普森作了短暂的思考之后坚定地说:"我相信,不需要多长时间,人们就会对你作出新的认识！肯定会的。"说这话的时候,他突然想到要为耶茨写一本书,叙述他们俩的登山全过程,让人们置身空旷的险山之中,设身处地地来感受一下他们当时所处的境况,人们一定会理解耶茨的行为的。

有了这个想法之后,辛普森立即联系了伦敦一家著名的出版公司的一个编辑,这个编辑非常支持他的做法。辛普森一鼓作气,用了两个月的时间完成了《感受空旷》的初稿。1988年该书正式出版后,立即成为畅销书。

在书的首页上,辛普森特意写上了这样的一段话:"希望读者在看《感受空旷》时,不要断章取义,只把注意力集中在耶茨割断绳子的那一段上。我写这一段,是想把事件完整地呈现出来,我希望读者能从全面的角度去理解当时的状况和行为。"

这本书引起了轰动,许多人都给耶茨写信,表示对他当年割断绳子一事的理解;曾经羞辱过他的登山者,也纷纷来信向他道歉。读着辛普森的《感受空旷》和一封封情真意切的来信,耶茨又一次流下了热泪。朋友的良苦用心,怎不让他感动至深？不久,设菲尔德俱乐部又把耶茨请了回来。从此以后,他全身心地投入到了自己热爱的登山运动中。他经常举办有关登山运动的讲座,开创了一个登山运动公司,带领众多登山爱好者攀登喜马拉雅山或南美的一些山脉。在他的培养下,一批又一批优秀的登山运动员诞生了。他说:"我现在登山不仅仅是满足自己的征服欲望,也是在完成辛普森的心愿。虽然他不能再登山了,但是我要帮他完成他应该攀登的那一部分。"

《感受空旷》推出后,辛普森获得登山纪实性文学的最高奖项——"塔斯科奖",后又获得了"英国非小说类文学奖"。辛普森重新找到了自己未来生活的方向,决定全身心地投入到文学创作之中。

一本为朋友写的书,就这样重塑了两个人的生命和未来。辛普森和耶茨一直保持着很好的关系，他们每年都会见上几次面，聊聊彼此的生活近况和取得的成绩。有一次他们道别的时候，耶茨说："我们又要分开了！"辛普森笑着说："不，我们的心会永远跳在一起的。不要忘了，当你登山的时候，我正通过你的眼睛望着远处的山峰！"

感恩提示

　　看完此文，下意识间我有点儿鄙夷耶茨的做法，对他事后所遭受的心灵的折磨觉得理所当然。但冷静下来，觉得这种想法也有点儿过于断章取义了。用辛普森的话来说当时他是对的。换个角度看，当时当地情况只允许一人生还，如果两人一起掉下去必死无疑，山崖下只不过徒增了两具白骨；但保留一人或许掉下去的侥幸活着，他不是还有几分生存的希望吗？我们不能仅凭伦理道德去判断他的是非对错。是辛普森的理解与宽容释放了老朋友的自责，他的大度令人敬佩，身已残却一点儿怨言都没有。他成就了两个人辉煌的一生。

　　金无足赤，人无完人。生活中哪有完美的朋友呢。"要死一起死"的模式是不理智的，是愚蠢的做法，这种场面只会出现在唯美的故事情节里。当身处困境甚至绝境时，不妨设身处地地去感受一下，毕竟一个人能力有限，此时不要拿友谊作为借口，最后只会伤害彼此。真正的朋友不会记恨朋友的过错，懂得用理解和宽容去化解彼此的矛盾，体现的是另一种友谊，真正融为一体的感情。

（苏剑连）

5 美分的音乐

◆朱汇芥

到美国已经 3 个月了,我的工作还是没有着落。正在读博士的丈夫用他的奖学金为我付完第一学期的学费之后就所剩无几了,他繁重的学业也让打工的希望成了泡影。其实以我在国内的工作经验和良好的英文,找一份文员的工作并不是难事,但是,每当在最后一关的时候,老板就会很客气地告诉我:"很抱歉,杰西卡,我们不能录用你,因为留学生打工是非法的。"然后一个明显能力不如我的美国人或日本人会被留下。

我的住所在地铁站附近,每天晚上丈夫去做实验的时候,我就会一个人去地铁入口处转悠,那里很热闹,也很复杂,可以看到美国的世相百态。慢慢地,我注意到一个拉大提琴的老人,他看上去至少有 60 岁了,但是精神很好,琴声听起来也很专业,不像一般的街头艺人。经常有很多人围在他身边,为他喝彩,但他只是很投入地拉琴,一心沉醉在自己的音乐中,仿佛从来没有在意过扔到帽子里的钱币。

我没有太多的钱,别人把一个一个的美元往下扔的时候,我最多只能拿出 5 美分,但是,我相信,我比周围的大多数人都能听懂他的琴声,因为,他演奏最多的是《东方红》。终于有一天我按捺不住好奇,一曲终了,人群散去以后,我走到他的身边,和他攀谈起来。他似乎很高兴有人和他说话,尤其是在知道我是一个中国人之后。

"你知道吗?我年轻的时候曾经随乐团访问过中国,《东方红》的曲子就是那时候学会的，它蕴涵着一种神奇而伟大的力量。"他告诉我他叫雷斯·布朗，还问我叫什么名字，在哪里工作，我如实地一一讲给他听，他祝福我早日找到一份合适的工作。当我说到北京的某一个地方时，他很兴奋地说他也在那里住过，我们努力地回忆我们可能共同知道的一些周围的建筑物，我们聊得非常投机，直到天色越来越晚，双方都意识到了继续留在这个地方的危险性，我们才互道晚安离开。

后来，每次我过去，他都干脆收起手中的提琴，专心同我讲话，我也总是和平常一样，在最后一曲结束后扔下 5 美分，也算是对他劳动的尊重吧。

但是，我的工作依然没有任何结果，我们的日子越来越艰难，眼看丈夫的身体状况一天比一天差，我的情绪也日渐低落。虽然我还是同以前一样和布朗先生聊天，并且尽量做出高兴的样子，但他还是觉察出了什么。有一天我正准备离开的时候，他叫住了我。

"杰西卡，告诉我究竟发生了什么事？"

我终于忍不住告诉了他我的困境，他安慰我说："我很难过，杰西卡，但你一定要相信上帝，一切苦难都会过去的，上帝祝福你，孩子。"

终于到了必须作出抉择的时候了。第二学期的开学已经迫在眉睫，现在，要么中断学业，要么沿街乞讨，但是，我不能丢中国人的脸，丈夫的地球物理的博士是一定要读下去的，那么，只有我离开了。想着这么多年节衣缩食就为这一天，却刚刚待了半年就要分开了，我的泪就不争气地掉了下来。丈夫只劝了我几句，就跟着哭了起来。

哭过以后，什么也改变不了，丈夫要去上课了，我简单收拾了一下，看看天色已晚，不禁想起布朗先生和他的提琴，下意识地就向那个地铁口走去。这一次，我破例没有跟他打招呼，只是躲在人群中间。一曲终了，我匆匆扔下一个 5 美分的硬币，便转身走了出去。再见了，我的朋友布朗，再见了，我的加州，我的美国。

走出没多远，背后响起一阵急促的脚步声，随着我步子的加快，他的步伐也越来越快。听说这附近很乱，没想到在我临走前一天被撞上了。难道真是祸不单行吗？想到这里，也不知哪来的勇气，我突然转过身去，准备大叫一声"救命"，毕竟周围还有些路人的。谁知道还没等我开口，一个和我同样气喘吁吁的男人冒出一句：

"请问，您是杰西卡吗？"

"是的，但是……"

"我叫恰克·布朗，我想知道，您现在是否已经找到工作，如果没有，您愿意来 MSC 公司做事吗？"

什么？我简直怀疑自己的耳朵，直到接过他递来的名片，上面赫然印着：恰克·布朗，董事长，MSC 公司。是的，这是真的，我找到工作了，我可以留下来，继续我的学业，同我的丈夫生活在一起了。多么好啊！

"雷斯·布朗是我的父亲。父亲给我讲了您和他成为朋友的故事，是的，谈话让他非常的快乐，作为他的儿子，我已经很久没有看到他有这么开心了。当我知道您所遭遇的困境时，就想尽力地帮助您。我今天已经在那里等了很久了，直到您的出现。"

我已经兴奋得说不出话来，只是不停地重复着一句："谢谢您，布朗先生！谢谢您，布朗先生！"

我相信那位老人是位天使，他的音乐使我感动过，并让我赢得了渡过难关的机会。

感恩提示

异国他乡，没有固定的经济来源，甚至连借钱的人都没有，杰西卡与丈夫几乎到了山穷水尽、走投无路的地步。这时，却意外得到了一个路边朋友的帮助。这绝处逢生，沙漠中遇到绿洲般的帮助，不能不令杰西卡感动，何况是不同国籍的异乡人。

"在家靠父母，出外靠朋友"，这个道理至今仍是不败的真理。友情是你跌倒时真诚的一把搀扶，是你痛苦时抹去泪水的一缕春风，是你饥渴时的一滴甘露。闯荡在外，萍水相逢的朋友，不需付出太多，或许一句话，一番交谈，都能给予彼此快乐和祝福，滋润干涸的心田；不需要索取任何东西，真心的倾听便是莫大的安慰。我们在外求学，不要忘了身边的朋友，无论何时何地，朋友永远在我们一转身的距离等着我们。

(苏剑连)

尽管霍尔穿着满是污渍的旧夹克,脸上也长满胡子,但他的眼睛已经开始恢复了往日的神采。

宽容的友情

◆[英]威廉·帕克

苏格兰少女艾美自小父母双亡,与弟弟瑞查相依为命。艾美16岁那年,她在纽约的姑妈邀请姐弟俩去美国度假,厄运就此开始:瑞查到纽约的第三天就遭遇了一次意外的劫持。

由于情报的错误,特警营救小组的负责警官霍尔在行动中,忽略了另一间房里的匪首和瑞查,只解救了4名人质,导致无辜的瑞查命丧于匪首枪下。

传媒把矛头指向了霍尔警官。在一片责难声中,霍尔默默地帮艾美料理完瑞查的后事。

艾美返回英国那天,霍尔特意买了11朵玫瑰放在了瑞查的灵柩上。那是一种叫做洛丝玛丽的水红色玫瑰,在古老的苏格兰语里洛丝玛丽的意思是"死的怀念"。霍尔艰难地跟艾美说了声"对不起",这是他几天来跟艾美说的唯一一句话,他甚至不敢正视艾美的眼睛,因为他觉得自己有不可推卸的责任。

从此,在每年瑞查的忌日,艾美都会收到11朵寄自美国的洛丝玛丽。那是霍尔寄来的,他还会在附言条上特别叮嘱艾美一定要将花放到瑞查的墓前。

一晃6年过去了,艾美又一次来到纽约看望姑妈。临走,她想起了内疚万分的霍尔警官,可当她来到警局,警局的人却告诉她,那次事件之后不久,霍尔就辞了职,没有了固定的工作,他开始酗酒,人也变得日渐消沉,最终妻子也跟他离婚了。艾美听后,心中顿时生出一种寻找霍尔的冲动。

艾美花了将近两个月的时间,才在特伦顿的一个小镇上找到了霍尔。他独自居住在镇上小教堂的后院,阴暗的旧屋里凌乱不堪,他半倒在破旧的沙发上醉得不省人事。艾美简直不敢相信这个肮脏的醉鬼竟会是当年那个英俊能干的年轻警官,短短6年中,他的变化太大了。

艾美退出小院,不经意间,她发现院子里竟然种满了洛丝玛丽。教堂的神父告诉她,每年夏天,在这些玫瑰开放的季节,霍尔都会将花剪下来放在小镇墓地的墓碑前,好像那就是他的工作,只有那个时候他才是清醒的。艾美的心又一次被深深震撼了,她意识到自己必须做些什么。

很快,夏天来了。艾美又来到了霍尔的小院子里。满院子的洛丝玛丽争相长出了花蕾,艾美站在院子的篱笆外。正在院子里整理洛丝玛丽的霍尔,抬头意外地看见了艾美,艾美已经是一个大姑娘了。

艾美走进院子,对霍尔说:"谢谢你这6年来送给瑞查的66朵洛丝玛丽,它们真漂亮。"

霍尔还在自责:"对不起,要不是我的失误……"

艾美打断了霍尔:"事情可不是你想得那样。"她拉着拘谨的霍尔向院子外面走去。

霍尔很快就被艾美拉到了教堂外的小广场,那里正在举行一个热闹的庭院聚餐会。艾美带霍尔走进去,一边兴致勃勃地为他介绍那些陌生客人:"这位是哈德森先生,他是纽约的一个唱片发行商,有两个儿子在念中学,太太正怀着第三个孩子;这位是吉米,小伙子刚从大学毕业,已经在一家证券公司做了3个月的经纪人;还有,那位是菲斯太太,曾经是个小野猫似的姑娘,可自从嫁给一个波士顿的律师之后就安分地做起了家庭主妇;还有那边跟女孩子们逗乐的是鲁,他是个演员,下个月有出新戏要打进百老汇……"

霍尔不解地扭头看看艾美,问:"等等,他们与我有什么关系吗?"

艾美眨眨眼说:"你不记得他们了吗?他们是当年你从匪徒枪口下救出的那4个人质啊!"

霍尔有些恍然,但他抑郁的神情并没有因为这个欢乐的场面而开朗起来。他低声道:"可是瑞查不在这里,我不能逃避自己的那份责任。"

"是的,瑞查永远不会在这里了,但这不能成为一个人失去自信和消极生活的理由。"艾美握着霍尔的手温和地说,"你看,不正是因为当年你果断的营救,他们才能活着,而且活得这么快乐。如果对死者的怀念会给生者的心灵笼罩阴影的话，那么，66 朵洛丝玛丽将失去它们真正的价值。"

霍尔没有说话，他看着快乐的人群，慢慢地，热泪流出他的眼睛。艾美长长地舒了口气，尽管霍尔穿着满是污渍的旧夹克，脸上也长满胡子，但他的眼睛已经开始恢复了往日的神采。

感恩提示

读完《宽容的友情》，心里颇有感触。我以为艾美本来可以责怪霍尔，甚至对霍尔恨之入骨，因为霍尔忽略了救她的弟弟瑞查，以至于瑞查死于匪首的枪下。然而，她并没这样做，反而感谢霍尔 6 年来的 66 朵洛丝玛丽，让她的心灵有所慰藉。

在我看来，这是一种感恩的态度。在我们的生活中，儿女默默报答父母的养育之恩，学生默默报答老师的教导之恩……诸如此类的例子发生在我们的身边。其实，感恩不一定是要感谢别人的大恩大德，感恩可以是我们对生活的一种态度，如苏格兰少女艾美这样。

人生在世几十年，不如意的事十有八九。如果我们为之左右，终日惴惴不安，那么，我们的人生就显得淡寞无味。苏东坡几次被南贬也能吟出"一蓑烟雨任平生"的美妙诗句来，更何况我们呢？易位想一下，如果我们也能像艾美那样，拥有一颗感恩的心，善于发现事物的美，感受生活平凡中的美丽；我们面对社会的心境就会坦荡些，胸襟就会开阔些，我们的生活也就变得精彩纷呈了。

(易银河)

那眼泪，不是因为那锈迹斑斑的铁十字，而是因为那段尘封了大半个世纪的友谊。

铁 十 字

◆凡 已

1945 年冬，两个月前还到处悬挂着纳粹党旗的波恩市的街头，人们见面都习惯地举起右手高呼着元首的名字。而现在，枪声已不远了，恐惧包围了整个城市。

一名小小的士官叫霍德，他正在叹气表达他的不满，因为他要参加突袭波恩的活动，然而，更糟糕的是，这次行动的指挥官是从巴黎调来的法国军官希尔顿，他对美国人的敌视与对士兵的暴戾几乎已是人尽皆知。像噩梦一样，接下来的两个星期的集训，令人庆幸的是，他在这里认识了杰克——一个壮硕的黑人士兵，一个难兄难弟，一个惺惺相惜的朋友。

希特勒的焦土政策使波恩俨然成为一座无险可守的空城，占领波恩，迫在眉睫。突袭队的任务除了打开波恩的大门外，还必须攻下一个位于市郊的陆军军官学校。而希尔顿下达指令，他要求每个突袭队员都必须缴获一个德国军官胸前佩戴的铁十字勋章，否则将被处以鞭刑，也就是说突袭队员们要为了那该死的铁十字标志而浴血奋战。

突袭开始了，法西斯的机枪在不远处苟延残喘地叫嚣着，在盟军战机的掩护下，突袭队顺利地攻入了波恩。然而因为那该死的铁十字，他们没有喘息的机会。在陆军学院，战斗方式已经转变成了巷战，经过两小时的激烈交火，德军的军官们处于劣势，无法再一次抵挡突袭队的猛烈进攻，他们举起了代表投降的白旗。突袭队攻占了学院之后迅速地搜出了每个军官身上的铁十字勋章。霍德有一种特殊爱好,喜欢收集土壤,带着铁十字来到学院的花园,抓了一把泥土装进了一个铁盒。他的行囊中有挪威的、捷克的、巴黎的,还有带血的诺曼底沙。想着过去,杰克的呼唤使他回到了现实,杰克露着白牙神秘地笑了笑:"伙计,我找到了一个好地方。"

他们的休息时间很短,霍德跟着杰克来到了 3 楼的一间办公室。办公室很豪华,主人应该至少是一位少校。满身泥土和硝黄气息的霍德发现了淋浴设备也很惊讶,他一边嘲笑着杰克,一边放下枪支和存放着铁十字的行囊,走进浴室舒舒服服地洗了个澡。当他出来时,杰克告诉他说希尔顿要来了,他要了解伤亡人数和检查每个士兵手中的铁十字。他马上穿好衣服背上枪支、行囊,与杰克下楼去了。

大厅里,每个人都在谈论手里的铁十字,当霍德伸手去掏铁十字时,呆住了,囊中除了土壤外竟无别物。霍德陷入了希尔顿制造的恐怖之中,他没想到会有人为了免受皮肉之苦而做出这种事。霍德首先怀疑杰克,并向其他战友讲了此事,当下大家断定是杰克所为。

所有士兵此时看杰克的眼光如同对盗窃者的鄙夷与敌视,已不再有战友的亲昵。他们高叫着、推着杰克,而此时杰克的眼中只有恐惧、慌张,甚至是祈求,没有一点儿愤怒。他颤颤地走到霍德的面前,满眼含着泪花地问道:"伙计,你也认为是我偷的吗?"此时的霍德怀疑代替了理智,严肃地点了一下头,杰克掏出兜里的铁十字递给了霍德。

当那只黑色的手触到白色的手时,杰克哭了,他高声地朝天花板叫道:"上帝啊,你的慈惠为什么照不到我?!"

"因为你他妈是个黑人。"从那蹩脚的发言中,人人都听得出来是希尔顿来了。他腆着大肚子,浑身酒气,随之,一个沉沉的巴掌甩在杰克的脸上。而后检查铁十字,结果是只有杰克没有他要的那东西。

再之后,盟军营地的操场上,杰克整整挨了 30 鞭。

两个星期过去了,杰克的伤口基本痊愈,但在这两个星期里,无人去看望他,没有人关心他,霍德也没去过。

又是一个星期六,霍德这天值班负责看守军火库,他在黄昏的灯光下昏昏欲睡,忽然,一声巨响,接着他被炸晕了。

等他醒来,发现自己躺在病榻上。战友告诉他,那天纳粹残余分子企图炸毁联军的军火库,刚好是杰克的巡查哨,知道库中的人是霍德,他用身体抱住了炸药,减小了爆炸力,使军火毫发无伤,杰克自己却牺牲了,其实他是可以逃开的。

40年过去了,霍德生活在幸福的晚年生活之中,偶尔想到杰克的死,他觉得那是对愧疚的一种弥补。直到有一天,他的曾孙,在一个盖子上写有波恩的铁盒中,发现了一枚写着"纳粹"的铁十字,他平静的生活破碎了。

年近八旬的霍德像孩子一样地哭了起来,那眼泪,是因为悲哀而痛苦,不是为自己年轻时的愚鲁,而是为杰克年轻短暂的生命;是因富有而喜悦,不是因为那锈迹斑斑的铁十字,而是因为那段尘封了大半个世纪的友谊。

感恩提示

霍德终于发现自己当年错怪了好朋友杰克,感动于他舍身相救,却为自己的错误深深自责。40年一个铁十字,泯灭了一颗友谊的心,与此同时毁掉了一段真挚的情谊,这源于不信任,还有可怕的种族歧视。

杰克,一个黑人,用自身去诠释朋友的意义。为了朋友霍德而甘愿蒙受冤屈,甘心承受严厉的惩罚,不作任何辩解,只需一句信任的话,一个相信的动作。在那样的年代,脆弱的友情经不起严酷的考验,而杰克却独自用自尊与人格去维护他和霍德的友谊。这样的举止足以摧毁一颗清白的心。

然而世界什么药都有得卖,唯独没有后悔药。朋友之间的信任不容随心所欲,恣意而为,并不是在你悔悟时可以挽救,伤害是一生一世。如果说亲情无私,友情也无价,这种情比血还浓。

(苏剑连)

> 朋友永远是我们人生旅途中最忠实可靠的伴侣，也许会有摩擦，
> 也许会意见不合，但是有笑有泪，阳光与风雨并存，这才是生活的真
> 谛。

"战 斗" 情

◆杨玉凤

要 不 是 你

1998 年 5 月，我读大二，在学兄学姐的鼓动下报考了 BEC 二级，也就是剑桥商务英语。大家都说，拥有 BEC 证书，相当于拥有进入外企的通行证。

记得那天早上匆匆忙忙赶到半个城市之外的考区，距离考试时间只有半小时了，大部分考生已各就各位。两分钟之后，进来了一个女生，坐在我旁边的座位上。她就那么轻轻松松坐下来，甚至还哼着歌儿！复习得好是不是？那也不能影响别人啊！我恨恨地偏过头去瞪了她一眼。

下午的口试是我最害怕的部分。配对的考生都是根据考号随机编排的，我的拍档是一个叫什么泓的。完了，这下我事先找好的拍档也用不上了，也不知配给我的那家伙究竟怎样。正着急呢，上午坐在我旁边的女生走过来，用英语跟我说她叫小泓，是我的拍档。啊？是她？完蛋了，看她上午轻松的模样，一定很厉害，那不是显得我很差劲？

我还没回答她，她已经很认真地开始给我分析考试中的配合问题，以及道听途说的窍门和心得，诸如老师最喜欢问些什么问题啦，最中意怎样的回答啦什么的。就这样，我们竟然渐渐默契了起来。

4 点 15 分，听到叫我们的名字，我俩会心一笑，落落大方地走了进去。第一印象很重要,这是小泓说的。开头个人回答部分还不错,到了两人讨论部分,我们都想努力多说一些,思维反而乱了,说着说着自己都糊涂了。结果,一走出那扇门,我俩不约而同地冒出一句:"要不是你!"

互相埋怨和指责了20分钟之后,我们终于心平气和下来,毕竟考试分数不会因为我俩的争吵而改变。"不好意思。刚刚我太冲动了,我请你吃云南米线吧!""别这样说,都是我不好,我净拖你后腿了,还是我请你吧!"两人争来争去,差点又吵起来。

你凭什么啊

快毕业了,我的GRE和托福都过了,正忙着申请国外的学校,小泓来电话了:"喂,你真的准备出去吗?IBM和CISCO都来我们学校开招聘会了,你不过来试试吗?"我心一动。毕竟,从申请到签证,中间的变数实在太多,还是两手准备的好。

招聘会上,我交了简历,填了表,参加了例行笔试,没想到竟顺利进入下一轮面试。说实话,我对面试并没抱太大希望。因为,听说面试会有很多专业问题,而那些是背完就丢的东西,谁还记得啊?小泓叮嘱我复习一下,我却不以为然:"那么多人面试,哪轮得到我呀?而且,就是录取了我也不一定去。我是要出去的嘛!""你脑袋是不是有毛病啊?这么难得的机会你不珍惜?天天就知道出国、出国,出去了还不是要工作要生活?别以为自己年轻机会多得很,像你这样下去,什么机会都没有!"

她劈头盖脸一顿教训下来,我也有些恼火了,我爸妈都不敢这样说我呢,你又凭什么啊?接下来的战斗激烈程度可想而知,我觉得丢了面子,她说我狗咬吕洞宾,吵得一塌糊涂,最后还是她主动休战:"算了,就当我没说吧。"

而我却拿起了书本,开始认真看起来,虽然最终没有被录取,但我的歉意,全在那天晚上的麻辣烫里面了。

要吵架是不是

我的签证最终还是没有拿到。小泓进了武汉一家房地产公司做策划,而我周一到周五上班,周六日或者睡觉、或者健身、或者逛街,只是每每碰到喜欢的东西要买的时候,小泓就会不失时机地泼上一瓢冷水。

"又是花边,你都有多少花边衣服了?二十多岁的人了,还打扮得跟学生似的,怪不得做不上去。"

"你还买尖头鞋啊?打折也不能浪费啊,今年尖头明年圆头,你只穿一个月是不是?"

"有没有搞错,你的身材怎么能穿这种小家碧玉的衣服,简直要笑死我了!"

于是,在促销小姐的一片赞扬声中,在自己的一片飘飘然中,我竟然不得不气急败坏地把新衣服脱下,然后走出店门,对着小泓一声大吼:"你又要想吵架了是不是?"

她则露出甜甜的微笑,挽起我的胳膊朝前走,还讲着不知从哪听来的笑话。

虽说我俩的意见很少取得一致,但如此买下来的东西,不算极品也算精品了。争吵的时刻并不令人愉快,可当同学聚会时被人热情表扬为"穿衣打扮越来越有品位"的那一刻,心里还是感谢小泓的。

讲不讲良心啊

一年一年地过去,我们都有了固定的男友,彼此也不再住在一起,而是分别住在汉口和武昌,很远的距离。我们的电话越来越少,只是偶尔在 MSN 上见面问一下好。

有一段时间小泓去荷兰出差,我整整半年没跟她联系。我以为我们的友情已经变成了过去时。直到今年 3 月,我决定买房,每个周末拖着男友跑遍了武汉三镇,两个月下来,除了一大沓房地产商的广告纸和筋疲力尽的感觉之外,什么收获也没有。"对了,我记得你好像有个做房地产的朋友啊。"男友提醒道。啊,小泓!

虽然好久不见,她还是根据我的要求,很快翻出了一大堆楼盘介绍。当我指出我喜欢的那几个时,马上招来劈头盖脸一顿批评:"这个楼盘,看上去环境不错,可户型都不方正;这个,房子是漂亮,但周边设施太差,连个大点儿的超市都没有，你总不能天天打车买菜吧……"

"像你这么说，那就别买房了，哪有十全十美的啊？就算有好的，那价钱，又轮得上我吗？"我被她的一番分析弄得心烦意乱。"喂，你讲不讲良心啊？除了我，谁会这样尽心尽力帮你看房啊？"她的声音一下子提高了八度。完了，又要吵了……

不过，在小泓的建议下，最终我还是半信半疑地选购了一套起初并不满意的房子，直到搬进去的时候，我还在不断抱怨位置的偏远以及外观的平庸。然而，请同事吃饭的那天，我却听到了太多的称赞。"这房子空气真好，你哪里找到这么通风的房子啊？""听说这里马上要建一个大型公共汽车站啊，你眼光真不错呢！""阳光几面都能晒到呢！"

得意之余，我不由得想起了小泓——争吵啊争吵，为什么总是以我的乖乖投降而告终呢？

感恩提示

多少年后，依然怀念那种无话不说的豪爽直接，怀念那种一起做梦的纯真，怀念那些相对无语的默契。友情永远是人们传诵不朽的话题。

千百年来无数的作家为我们诉说着一个个关于友情的感人故事，《"战斗"情》以一种异样的方式为我们演绎了一份颇具辣味的友情。争吵，永无休止的"战斗"，"我"和小泓似乎天生的一对冤家，但是恰恰是这样一种火药味十足的关系造就了一段纯真美丽的友情。有的人把友情表现在对朋友的细心呵护、无微不至的关怀中，小泓却把她对朋友的体贴以"战斗"的形式体现在生活的点点滴滴里。"良药苦口利于病，忠言逆耳利于行。"朋友永远是我们人生旅途中最忠实可靠的伴侣，也许会有摩擦，也许会意见不合，但是有笑有泪，阳光与风雨并存，这才是生活的真谛。不可否认的是那份属于友情的坦率和真挚。把纯真的友情埋藏在心底深处，小心经营、好好品味。

(毛志霞)

"朋友是用来麻烦的",每当想起这句话,他心中便会温暖如春。后来,他总是用这句话来鞭策自己,去尽力帮助那些需要帮助的朋友。

朋友是用来麻烦的

◆佚 名

两年前,因为操作失误,他苦心经营了 3 年多的小公司破产了,一夜之间,他不仅成了一个一文不名的穷光蛋,而且还欠了一屁股债,被人追得到处跑。家是不能回的,思来想去,唯有去省城的一个朋友那儿躲一躲。

他和他的朋友是发小,从小一起长大,关系当然是没得说!小时候,有一次去海边玩,朋友不小心掉进水里,是他喊人把他救上来的,这种交情应该算深厚了吧!

可是下了火车,他又有些犹豫了,多年没见,朋友还是原来的朋友吗?记得朋友结婚的时候,他去参加婚礼,朋友娶了一个娇滴滴的女人,她会不会嫌弃自己呢?

一念至此,他把口袋里仅有的钱翻出来数了一数,在火车站找了一间最便宜的小旅馆住下。心想,住几天算几天吧!

就在他心灰意冷的时候,想不到朋友找来了。朋友一身的尘土和倦怠,生气地数落他:"你真不够哥们,来省城也不找我,还得我到处找你,要不是你妈偷偷地打电话给我,我还不知道呢!"他低着头瞅着脚尖,小声地嘟囔着:"还不是怕给你添麻烦吗?你看我现在,又脏,又穷,又臭,恐怕连狗都不如了。"

朋友在他的胸口擂了一拳:"你还是那个倔脾气,朋友就是用来麻烦的,你不麻烦我,我才生气呢!"

那一刻，千言万语噎在他喉咙里，一句话都说不出来。本以为全世界都抛弃了自己，却原来，还有一个人深深地记挂着自己，并没有因为落魄而嫌弃自己，有这样的朋友，还能说什么呢？他只得乖乖地收拾行李跟着朋友去他家。

朋友妻给他收拾了一件明亮宽敞的屋子，为他准备了可口的饭菜，还叮嘱他千万不要客气，当成自己家一样。他洗了澡，换了衣服，美美地睡了一觉。

之后，他调整好心态，到银行贷了款，抓住机遇，终于东山再起，不但还清了贷款，还有了安定的生活。

"朋友是用来麻烦的"，每当想起这句话，他心中便会温暖如春。后来，他总是用这句话来鞭策自己，去尽力帮助那些需要帮助的朋友。

在这个故事中，当生意失败时，主人公"我"不敢去麻烦朋友，其实是误读了友谊的真谛。

什么是友谊？友谊不是天上的星星，看得见，摸不着。友谊是在你伤心时递过来的一条手帕；友谊是在你沮丧时传来的一声激励；友谊是在你危难时伸出的那双强有力的手！

朋友是什么？朋友不是终日聚在一起吃吃喝喝的所谓哥们儿，朋友是在你最需要帮助时，第一时间赶到你面前的那个人；朋友是在你快乐时和你分享快乐，在你痛苦时和你共同承受痛苦的人，朋友是一个灵魂寄居在两个身体里。

我们行走在滚滚的红尘中，之所以能够一路坚持走下来，就是因为在关键时刻有能麻烦的朋友，有真心帮助自己的朋友。

不要怕麻烦你的朋友，因为，当朋友遭遇困难时，你也会给予他最大的帮助。

(王　磊)